미삼샘이 들려주는

오만방자한
책쓰기

미술샘이 함께하는
오만방자한
책쓰기

2015년 11월 13일 처음 펴냄
2021년 12월 15일 5쇄 펴냄

지은이 이금희·김묘연·김은숙
펴낸이 신명철
펴낸곳 (주)우리교육
등록 제 313-2001-52호
주소 03993 서울특별시 마포구 월드컵북로 6길 46
전화 02-3142-6770
팩스 02-6488-9615
홈페이지 www.urikyoyuk.modoo.at

ISBN 978-89-8040-959-4 43800

이 도서의 국립중앙도서관 출판시도서목록(CIP)는
e-CIP홈페이지(http://www.nl.go.kr/ecip)에서 이용하실 수 있습니다.
(CIP 제어번호:CIP2015030392)

미삼샘이 들려주는

오만방자한 책쓰기

이금희·김묘연·김은숙 지음

우리교육

새는 알에서 깨어나려고 한다.
알은 새의 세계이다.
태어나려고 하는 자는
하나의 세계를 깨뜨리지 않으면 안 된다.

_헤르만 헤세,《데미안》중에서

문득, 묻다

악착같이 무언가를 지키며 그 길이 '정답'이라 여기고 달려온 날들. 그러다 쿵! 부딪치기도 하고 돌부리에 걸려 넘어지기도 하고, 에라이! 다 던져 놓고 허탈해 하기도 합니다. 나름 최선을 다한 순간순간이었는데도 뒤돌아보면 늘 어느 한구석이 허탈하며 이게 인생인가? 하는 회의감이 들 때도 있지요. 그리고 어떤 때는 긴 한숨으로 자신에게 묻기도 합니다.

"이게 맞는 걸까?"

책쓰기와 만나다

한때 꽃나무는 단지 열매를 맺기 위해 꽃피는 줄로 알았습니다. 교육의 이름으로 오로지 눈앞에 보이는 입시와 성적만 외치는 현실 앞에서 '너희도 자세히 보면 예쁜 꽃'이라고 글로만 가르치고 입으로만 옹알거렸습니다.

그러다 어느 날 책쓰기를 만났습니다. "쿵!" 삶의 이치가 자연의 섭리와 같다는 것을 온몸으로 깨닫게 한 것이 책쓰기였습니다. 학생들은 책쓰기를 통해 자신만의 아름다운 생명 꽃으로 피어 빛났습니다. 책쓰기를 하기 전에는 교사인 우리도, 정작 자신도 그 빛남을 몰랐습니다. 우리는 책쓰기로 서로에게 향기 나는 존재가 되었습니다.

미삼샘이 만나다

'미삼샘'은 책쓰기로 만났습니다. 만나자마자 거짓말처럼 벗이 되었습니다. 함께 책쓰기를 구상하고 책쓰기를 지도하는 시간은 짜릿할 정도로 흥분되었습니다. 책쓰기를 하면서 각자가 가진 틀, 교사로서 가지고 있던 틀을 하나씩 깨어 버리면서 자유로움을 느꼈습니다. 그렇게 책쓰기의 매력에 빠져 학교 생활은 더욱 신바람이 났습니다. 무엇보다 학생들이 자신의 삶을 긍정적으로 보고 스스로 개척자가 되어서 살아가는 모습을 보면서 신비의 묘약을 얻은 듯 "이것이다!" 했습니다. 그렇게 책쓰기에 더욱 심취해 가게 되었습니다.

교육에 대한 가치관도 변했습니다. 학생들의 모습을 있는 그대로 바라보며, 이제는 그들에게 교사가 지시하는 방향으로만 가라고 강요하지 않게 되었습니다. 자세히 보지 않아도 그냥 예쁜 우리 아이들, 그렇게 바라볼 수 있는 눈을 가지게 한 책쓰기에 오늘도 흠뻑 빠져 봅니다.

미삼샘의 변신

이 책은 책쓰기에 대해 할 말이 많은 미삼샘이 들려주는 이야기입니다. 이야기를 하기 위해 책쓰기를 시작하는 여러 학생들이 쑥이라는 캐릭터로 등장합니다. '숙샘'이 쑥이로 변해서 영혼을 불사르는 메서드 연기를 합니다. 여러 유형의 학생들을 만나 다양한 책쓰기의 노하우를 가진 선생님들의 모습은 '묘샘'으로 나타납니다. 그리고 책쓰기를 처음 시작해서 씨를 뿌려 주신 '금샘'께서 책쓰기에 대해 마무리 정리를 합니다.

아직도 미삼샘은 책쓰기에 중독되어 있습니다. 어떤 대화를 해도 책쓰기로 마무리되는, 진정 아름다운 관계입니다. 맛집을 다녀와도 블로그에 사진을 찍어 올리고 알리는데, 이 좋은 '책쓰기'를 알리지 않을 수 없었습니다. "자, 이 약 한번 잡솨 봐! 힘이 불끈! 솟아!"라고 외치던 약장수의 말은 거짓이 아니었습니다. 그 신비의 묘약이 '책쓰기'였습니다. 이 책을 읽는 것만으로도 여러분의 삶에 변화가 시작될 것입니다. 약효는 개인차가 있겠지만 부작용은 분명 있습니다. 책쓰기의 부작용은 자꾸만 미소 짓게 되고 다른 사람들에게 책쓰기의 행복감을 알리고 싶어지는 거랍니다.

인생 그 까이 꺼! 오만방자하게! 제멋대로!

금샘, 숙샘, 묘샘의 공통점은 늘 자신의 미모가 뛰어나다고 자찬하는 거였습니다. 그래서 미녀 3인방 샘이라고 줄여서 '미삼샘'이라고 합니다. 자뻑! 정말 마음에 드는 단어입니다. 외국 물 좀 먹인단어로 바꾸면 나르시시즘. 눈치챘겠지만 미모 확인은 사절합니다.

'오만방자午慢放恣'는 '남을 업신여기며 제멋대로 행동한다'라고 사전에 정의되어 있습니다. 대다수의 사람들은 남의 시선을 의식하면서 살아갑니다. 공동 질서를 지키는 것과는 다릅니다. 어떤 일을 결정하고 행할 때, 나의 기준이나 마음보다는 누가 뭐라고 하더라, 누가 어떻게 보면 어쩌나 하는 마음이 큽니다.

남의 시선을 의식하며 살아온 사람은 책쓰기를 할 때도 주눅 든 마음으로 자신만의 색을 드러내기를 두려워합니다. 어떤 인생이 좋다 나쁘다 평할 수 없습니다. 그대로, 그 존재대로 모두 아름답습니다. 그것을 깨닫고 책을 쓸 때 특히 더욱 남의 시선으로부터 자유로워져야 합니다. 이것이 '오만방자한 책쓰기'의 의미입니다.

교사라는 직업을 가진 우리는 그다지 오만방자하게 살아 보지 못한 사람입니다. 우리부터 '오만방자하게' 살아 보고자 하는 의미와 학생들에게 자신의 삶을 주체적인 입장으로 살아가길 바라는 마음으로 주술과 같이 '오만방자함'을 외쳐 봅니다.

　자, 주눅 든 마음을 펴고 움츠러드는 어깨를 뒤로 젖히고 허리를 꼿꼿하게 세워 보세요. 세상에 주눅 들 일이 하나도 없습니다. 잘 쓴 책, 잘난 책도 따로 없습니다. 여러분의 삶 모두가 그대로 아름답기 때문에 그대로 잘 드러내기만 하면 됩니다.

또 다른 책으로 꽃을 피우다

　책쓰기가 우리를 자유롭고 행복하게는 했지만 그 과정 하나하나가 모두 쉽지만은 않았습니다. 하지만 혼자 하지 않고 세 명이 함께했기 때문에 가능했습니다.

　감사합니다.

　책쓰기로 만나 함께 성장했던 많은 학생들과의 인연에 감사합니다. 책쓰기 교육을 논하며 함께 고민하고 자료를 공유했던 책쓰기 교사 지원단 선생님들, 책이 세상에 발 내딛는 데 도움을 주신 우리교육 관계자분들 모두에게 감사합니다. 무엇보다 책을 쓰면서 밤낮이 바뀌기도 하고 잘 써 보겠다는 욕심으로 까칠해졌을 때도 늘 격려해 준 미삼쌤의 가족들에게 감사합니다.

　이제 덧붙여 이 책을 읽고 있는 여러분과의 설레는 인연이 있네요. 반갑고 감사합니다. 이 책이 여러분의 삶에 조금이나마 도움이 되길 바랍니다. 이후에 '나에게 책쓰기가 다가왔다'로 시작하는 여러분의 책을 만날 수 있으면 더욱 좋겠습니다.

책을 쓰는 오늘도, 책을 읽는 오늘도, '오늘'은 참 좋은 날입니다. 자유롭고 행복한 오늘을 지내시길 바랍니다.

2015년 시월의 어느 멋진 날에
미삼샘이 함께 씁니다.

가이드를 소개합니다

　책쓰기 지도와 나침판을 들고, 이제 여행을 시작해 볼까요? 여행에 앞서 여러분과 함께 떠날 가이드 셋을 소개할까 합니다. 혼자 하는 여행보다 함께할 누군가가 있다면 훨씬 맘이 든든하겠죠? 물론 잔소리도 기대해요.

쑥　중학교 2학년. 투덜이와 정감이의 중간파.
내성적이지는 않지만 그렇다고 적극적으로 학교생활을 하지도 않는, 그냥 그저 학교에 다니는 대한민국의 평범한 여중생. 책쓰기에 빠져 허우적거리며 쑥쑥 성장하는 학생.

묘샘　30대 초반의 미소 상큼 생기 발랄 여교사.
늘 얼굴에 미소를 띠고 학생들의 농담과 장난을 여유롭게 받아치는 여선생. 책쓰기에 대한 모든 것을 알려 주는 열정 덩어리 선생님.

금샘　책쓰기 10년의 달인 지망 교사.
다방면에 넓고 얕은 지식을 뽐내며 20시간 쉬지 않는 터보 엔진 심장을 가진 여선생. 책쓰기로 행복하기를 홍보하며 삶. 별명은 '막달리니 금샘'(누가 말려 줘요, 너무 달려!)

차례

1장
책쓰기로 나를 봅니다

1-1

책쓰기가 뭐야?
-나 들여다보기

묘샘, 낑낑거리며 커다란 가방을 들고 교실에 들어온다.

쑥 샘, 그거 먹을 거예요?

묘샘 아니. 먹는 거보다 더 좋은 거야.

쑥 세상에 그런 게 어딨어요?

묘샘 있어. 들어 봐. 이야기야. 자기가 좋아하는 음식 이야기,
가고 싶은 여행지, 왕자님 만나 잘 사는 이야기, 알 깨는
이야기 뭐든 다……

쑥 뭐를 깬다고요? 갑자기 달걀 프라이 먹고 싶다. (갑자기 소
리를 높여) 샘? 달걀 프라이에 설탕 뿌려 먹어 본 적 있으
세요?

묘샘 응? 아니 없어. 하지만 달걀을 깨듯 알을 깨 본 적은 있
지. 오늘 우리는 위대한 첫발을 내딛을 거야. 그건 바로 이

거야.

묘샘, 칠판에 큰 글씨로 '책쓰기'라고 쓴다. 학생들이 웅성거린다.

쑥 아, 샘, 글쓰기 좀 하지 마요.
묘샘 (학생들을 바라보며) 글쓰기 안 할 건데. 책쓰기 할 건데!
쑥 그게 그거 아니예요?
묘샘 여기 내가 가져온 책들을 한 권씩 가져가. 전부 다 학생들이 쓴 책이야. 초등학생, 중학생, 고등학생이 저자야. 너희하고 똑같이 수업하면서 책을 쓴 거야.
    (학생들, 묘샘이 가져온 책을 하나씩 나누어 들추어 본다.)
쑥 샘 이거 진짜 서점에서 파는 책, 맞아요?
묘샘 그럼, 인터넷 검색하면 바로 나와. 쑥아, 너도 이렇게 네 이름 넣어 책 출판하면 정말 좋겠지?
쑥 헐 제가요? 제가 무슨 책을 쓴다고 그러세요…….
묘샘 지금은 불가능해 보이지? 걱정 마. 책쓰기는 누구나 할 수 있어. 오히려 글쓰기보다 쉽고 재밌을 거야. 샘이 누구냐? 나만 믿어. 너희를 쟁쟁한 저자로 만들어 줄 테니…….
    그리고 그때 가서 감사의 뜻으로 저자 사인한 책 한 권씩 줘! 자, 마음에 드는 책, 이 시간 동안 편하게 읽어.

책을 쓴다고?

"책쓰기, 그게 뭐야?"
"책 같은 거 쓸 줄 모르는데? 쓰는 거, 지겹다 지겨워."

글쓰기가 아니라 책쓰기야. 글을 쓴다는 건지 책을 만든다는 건지 헷갈리지? 네가 보고 있는 책을 한번 살펴봐. 누군가 내용을 쓰고 그것을 예쁘게 만들어 책으로 인쇄한 거겠지? 표지와 제목, 목차, 내용 이 모든 것을 누군가 만들었을 거 아니니? 그 사람이 바로 책을 쓴 저자야. 그러니까 책쓰기는 책 표지에 네 이름을 떡! 하니 넣는 활동이지. 네가 저자가 된다니까.

이 책을 휘리릭 읽어 보기만 해도 '음, 나도 충분히 하겠어!' 하게 될 거야. 모를 때는 두렵지만 알고 나면 제일 재미있고 가치 있는 것, 그게 책쓰기니까.

그럼 책쓰기가 무엇인지 한번 살펴볼까?

▪책쓰기란?
한 사람이 가장 말하고 싶은 주제를 정해 그에 관련된 자신의 이야기를 묶어 한 권의 책으로 만드는 활동

여기서 가장 중요한 키워드를 한번 뽑아 볼까? 네가 뽑은 키워드는? 그래, 네가 생각한 대로 '자신의 이야기'와 '책'이라는 말이 가장 중요해. 책쓰기는 네가 쓰고 싶은 내용을 그냥 글로 쓰고 끝

내는 것이 아니고 책이라는 형태를 갖추도록 하는 것까지 글쓰기 외의 많은 활동들을 포함해.

책쓰기는 글쓰기가 아니야. 주제를 정해 내용을 작성한다는 점에서는 글쓰기와 유사하지만 여러 매체로 표현할 수 있다는 점에서 달라. 또한 표지, 제목, 목차, 프로필 작성까지 직접 다 한다는 점에서도 단순한 글쓰기와 달라. 이 모든 과정을 직접 한다고 하니 한숨이 나온다고? 하지만 마음을 열고 따라와 봐! 여태껏 한번도 경험하지 못한 즐거움을 맛볼 수 있을 거야.

책쓰기는 누구나 할 수 있어

예전에 책쓰기는 한 분야의 전문가나 아주 유명한 사람들만 하는 것으로 여겨졌어. 하지만 요즘은 일반인들도 자기 책을 출판하고 있어. 선생님한테 혼나며 화장하던 여학생이 화장품 테스트 후기와 얼짱 화장법에 대한 책을 쓰기도 하고, 매일 지나다니던 흔한 동네 골목길의 풍경을 자신의 책으로 담아내기도 하고, 자신의 연애 경험을 담아서 남녀 심리를 보여 주는 책을 쓰기도 해.

그건 남들 이야기라고? 그렇지 않아. 책쓰기는 너도 충분히 할 수 있어. 너, 학교에서 모둠별 발표 자료나 탐구 활동 보고서 제출한 적 있지? 책쓰기는 하나의 결과물을 만든다는 점에서 그것과 비슷하지만 결정적인 차이점이 있어. 학교 숙제는 보통 선생님이 주제를 정해 주지? 하지만 책쓰기는 쓰고 싶은 주제를 자신이 정해. 이건 아주 큰 차이야.

네가 쓰고 싶은 주제를 정해!

그래도 감이 안 잡히지? 다른 친구들 사례를 보여 줄게.

민이는 수업 시간에 선생님을 투명인간 취급하고 잠만 자는 남고생이야. 하지만 민이는 동영상 프로그램 설명서 《알기 쉬운 베가스》를 책으로 엮어 냈어. 유일하게 민이가 눈을 반짝이며 흥미를 가지고 즐거워할 때가 컴퓨터를 할 때거든. 전교 1등을 하는 학생도 민이만큼 컴퓨터 관련 책을 잘 쓸 수는 없었어.

특성화고 학생인 하나는 《Yes, Chef-내 생의 첫 막걸리》라는 책을 썼어. 막걸리 만드는 과정을 단계별로 직접 사진을 찍고, 주의할 점을 설명하면서 누구나 따라할 수 있도록 레시피를 작성한 거야.

태영이는 자신도 알 수 없는 이유로 몇 번이나 자살을 시도한 학생이야. 태영이가 쓴 《13+1-사실은 난 살고 싶었어요》라는 책은 왜 학생들이 자살을 시도하는지, 자살하려는 학생을 어떻게 보아야 하는지를 만화 형식으로 썼어. 이 책을 쓴 후 태영이는 더 이상 자살을 시도하지 않았고, 자신처럼 힘들어하는 아이들을 도와주고 싶어서 심리학과에 진학했어.

호정이는 《인생은 동화다-코끼리 그랜의 여행》이라는 동화를 썼어. 죽음을 앞둔 사람의 심리를 우화적으로 이야기하는데 그림을 잘 그리는 은채가 삽화를 그려 주었어.

어때? 친구들 사례를 들어보니 좀 이해가 되니? 책을 쓴다는 건 그냥 자신이 좋아하는 내용으로 책을 한 권 만들면 되는 거야. 곤충을 좋아하면 곤충에 대한 책을 쓰고, 역사에 관심이 있으면 역사 관련 책을 쓰고, 일본 애니메이션을 좋아하면 애니메이션으로 책을 쓰고, 사진을 좋아하면 사진집을 만들고, 작곡을 하고 싶으면 작곡집을 내면 돼. 연예인 '빠'라면 좋아하는 연예인에 대해 쓰고, 맛집 탐방이 취미라면 맛집 순례기를 쓰고, 외국어에 관심이 있으면 번역 책을 쓰고, 당구를 좋아하는 학생은 당구에 대해 쓰고, 시를 좋아하면 시집을 쓰고, 야구광이면 야구 이야기로 책을 쓰고, 육군사관학교에 진학하고 싶으면 육사 생도의 생활에 관한 책을 쓰면 돼.

동영상 프로그램 해설서

과학 원리를 스토리텔링

자서전적 소설 및 만화

삶에 대한
성찰을 담은 동화

한식의 세계화에 대한
고민과 자신의 요리법

시를 바탕으로
연상한 이야기

"주제를 맘대로 정하면 되는 거예요?"

네 이야기를 책으로 써

맞아. 뭐든 다 책쓰기의 대상이야. 평상시 자신이 관심 있거나 좋아하는 것, 잘하는 것이나 잘하고 싶은 것, 해 보고 싶은 것이나 궁금한 것 등 어떤 것이라도 좋아. '야동'도 되냐고? 정말 그게 제일 관심 있으면 그걸로 정해. 말했잖아. 안 되는 것은 없어. 자신이 쓴 책에 대해 자부심을 가지고 남들에게 당당하게 책을 소개하고 자신의 책을 사랑할 수만 있다면 괜찮아.

책을 쓸 때 가장 중요한 것은 자신의 이야기를 쓰는 거야. 이때 자신의 이야기를 쓰라고 해서 자기 경험만 써야 되는 건 결코 아니야. 자신이 선택한 주제에 대한 경험, 생각, 느낌, 연구 및 분석 결과, 상상과 창조 등 모든 것이 가능해. 왜냐하면 그것이 무엇이든 네가 관심 있고, 네가 쓴 것은 바로 네 이야기이기 때문이지. 그러니까 책 내용의 대상이 꼭 '나 자신'이 아니어도 가능해. 인물이나 물건, 역사나 사상, 문화와 예술, 기술과 언어 그 무엇이든 다 책쓰기가 될 수 있어.

글을 못 쓴다고? 그럼 다른 매체를 활용해!

책쓰기는 글을 못 써도 할 수 있어. 모든 책이 활자로만 된 것은 아니잖아? 사람은 자신을 표현하기 위해 말을 하기도 하고, 그림을 그리기도 하고, 악기를 연주하기도 하고, 몸으로 보여 주기도 해. 그것처럼 우리 책쓰기도 글로만 표현할 필요가 없어. 글 대신 숫자, 만화, 그림, 사진, 판화, 악보, 입체 종이 형식으로도 할 수 있고, 트위터, 블로그, 홈페이지 같은 사이버 공간을 활용하여 음악, 동영상으로도 책쓰기를 할 수 있어. 포털 사이트에 사진과 몇 줄의 글로 이루어진 자료들을 많이 봤을 거야. 그렇게 글과 사진, 혹은 글과 그림, 글과 동영상 등을 섞어 너만의 개성 있는 책쓰기를 해도 돼. 네 이야기를 표현하기에 가장 자신 있는 매체를 선택하면 되는 거야.

책쓰기는 진짜 삶을 위한 거야

지금도 바빠 죽겠는데, 왜? 군이 책쓰기를 해야 할까? 대한민국의 학생들이 직장인보다 더 바쁜 스케줄로, 지구에서 제일 오랜 시간 공부하고 있는 거 알아. 얼마 전 초등학교 3학년이 하루 4시간만 자고 공부한다는 말을 들었어. 그 애는 '그렇게 하지 않으면 불안'하다고 말했어. 부모가 시켜서가 아니라 자발적으로 공부한다고 말하는데 아, 정말 가슴이 아팠어. 성적에 대한 압박감이 처음에는 외부에서 주어졌지만 어느새 자기가 그 압박하는 틀 속으로 들어가서 스스로를 괴롭히고 있는 거야. 샘은 그 아이한테 한번 물어보고 싶었어.

"그게 진정으로 네가 원하는 거니?"

스스로에게 한번 물어봐. 뭘 하느라 그리 바쁜지? 현명한 사람은 급한 일보다 소중한 일을 먼저 한다고 해. 네가 바쁘게 하는 그것이 네 인생에서 정말 소중한 것이니? 정말 네가 선택한 거니? 너를 정말 행복하게 하는 것이니?

책쓰기는 '나'를 찾기 위해 하는 거야. 그래서 자신이 정말로 원하는 것을 주제로 정해야 해. 진학을 위한 스펙으로 주제를 정하면 안 돼! 엄마나 학교로부터 칭찬받으려고 정해도 안 돼! 친구가 정했다고 따라 해도 안 돼! 이런 걸 하면 있어 보일 것 같아서 정해도 안 돼! 주제는 네가 가장 하고 싶은 것으로 정해야 해. 혹 네가 정한 주제에 대해 남들이 비웃으면 이렇게 대답하면 돼.

"그냥 내 마음이 끌려."

형식이나 분량은 어쩌냐고? 네가 원하는 대로 해! 표현 방법이나 매체도 네가 편하게 할 수 있는 것으로 해. 중요한 건 이거야.

나를 보는 창, 책쓰기

책쓰기는 인생에서 가장 소중한 것을 찾는 여행이라 할 수 있어. 낯설지만 정말 꼭 가 보아야 할 내면으로의 여행, 남들이 대신 가 줄 수 없는 혼자만의 여행, 바깥에 있는 불빛을 보지 않고, 내 마음속의 등대를 찾는 여행, 이 여행을 위해서 우리의 시선은 오롯이 내부 즉, '나' 자신에게로 가 있어야 해.

책쓰기는 '나 들여다보기'야. 나 들여다보기의 시작은 질문하기 야. 자신에게 자꾸 물어보는 거지. 무엇을 물어봐야 할까?

- 내가 가슴이 뛸 때는 언제인가?
- 나를 아프게 하는 것이 무엇인가?
- 내가 간절히 원하는 것은 무엇인가?
- 내가 정말 하고 싶은 것은 무엇일까?
- 내가 잘하는 것은 무엇인가?
- 나는 지금 무슨 생각을 하고 있는가?

이런 질문해 본 적 있니? 지금껏 우리는 진짜 자신의 목소리를 듣 기 위해 스스로에게 질문해 본 적이 별로 없어. 간혹 질문을 해 봤 어도 그 질문을 어떻게 이어 나갈지 잘 모르고 살아왔어. 그러다 보 니 내가 주인이 되지 못하고, 다른 것들이 나의 주인 노릇을 해 왔 어. 가슴이 뛰는 것을 하라고 하는데 그게 무엇인지 생각해 볼 겨를 도 없이 당장 발등에 떨어진 것만 좇기 급급했어. 그러고는 다른 사 람과 비교하면서 상처받고, 자신이 못난 사람 같아 기죽었잖아.

책쓰기는 나에게 귀 기울이기야. 마음의 저 깊은 곳에서 올라오 는 소리에 귀를 기울이면서 내가 무엇을 원하는지를 바라보는 활 동이라 할 수 있어. 그 소리가 맑든 탁하든 상관없어. 어떤 것이든

다 네 소리야. 처음에는 아주 여러 목소리가 올라올 거야. 하지만 자꾸 듣다 보면 맑고 순수한 진짜 목소리를 듣게 될 거야.

그 목소리를 따라 너는 책을 한 권 쓰게 될 거야. 내용을 찾고, 쓰고, 고치고, 발표하면서 네가 커지는 것을 느낄 수 있을 거야. 몸이 자라듯이 조금씩 자라는 너의 이야기를 담아 드디어 책 한 권을 세상에 짠! 하고 내놓게 되지. 그게 책쓰기의 완성이야.

떠날까요? 선장님!

책쓰기가 좀 이해가 되니? 이 책을 다 읽고 네가 직접 해 보면 더 잘 알게 될 거야. 이제 책쓰기의 정의를 새롭게 내려 볼까?

■ 책쓰기란?

책쓰기는 나 들여다보기를 통해 찾은 진짜 나의 이야기를 다양한 매체를 활용해 책으로 펴냄으로써 다른 사람들과 공유하는 활동

지금부터 우주의 한가운데에 있는 '나'를 만나러 갈 거야. 가장 소중한 보물을 찾는 거지. 귀 크게 열고, 눈 크게 뜨고, 손에는 펜 하나 꽉 쥐어! 가방도 하나 준비할까? 보물이 보이면 얼른 집어넣게 말이야. 물론 샘이 줄 수 있는 것은 지도와 나침반밖에 없어.

이제부터 선장은 너야!

걱정 마. 항상 네 곁에 우리가 있을 거야.

1-2

내 마음 나도 몰라!
-쏟아내기

도서관에서 쑥이는 연습장에 무언가를 긁적거리다가 그 위를
연필로 까맣게 덮어 지우기를 반복한다.

묘샘 (쑥이 책상 위에 있는 종이를 집어 들면서) 쑥아, 뭘 그렇
게 열심히 적어? 책쓰기 구상이라도 하고 있니? 어디 한번
볼까?

쑥 (다급하게 종이 끝을 잡고는 홱 하니 가로챈다.) 아! 샘! 안
돼요!

묘샘 (놀란 듯이) 와! 쑥이 순발력 봐라, 근데 너 대체 뭘 쓰
고 있던 중이야?

쑥 (미간을 찡그리며) 그냥 이것저것 제 생각 끄적이고 있었
어요……. 이것저것 다 맘에 안 들고, 건들면 뭔가 터질 것
같아요.

묘샘 그렇구나. 알겠어. 쑥아. 근데 그럼, 혹시 지난 시간에 나
     눠준 학생 저자 도서들은 좀 읽어 봤어?

쑥 네, 뭐…… 그저 그렇던데요. 그 정도 책이면 저도 쓸 수
    있을 듯해요.

묘샘 그렇지? 샘도 그렇게 생각해. 그럼 쑥이도 후딱 한번 써
     볼까?

쑥 나중에요. 오늘은 기분이 별로예요.

묘샘 오늘은 쑥이가 기분도 별로다 하니, 선생님이랑 편하게
     얘기나 할까?

쑥 저 그냥 아무것도 생각하기 싫어요. 머리가 너무 복잡해요.

묘샘 그럼 그냥 선생님하고 게임 한판 한다고 생각해. 바로
     '쏟아내기' 게임! 일단 쑥이가 느끼는 답답함들을 종이에
     한번 적어 봐.

쑥 (심드렁하게) 쏟아내기요?

묘샘 그냥 '나'에 대한 모든 것을 그대로 종이에 쏟아내 적어
     보는 거야. 그렇게 종이를 다 채우면 끝!

쑥 (고개를 갸우뚱하고 손 내밀며) 일단 종이 주세요.

속에 있는 것 다 꺼내 봐

책쓰기의 시작은 내면 들여다보기야. 자, 이제 내면으로 들어갈 거야. 근데 어디 붙어 있는지도 모르는 내면을 어떻게 들어가지? 걱정 마. 들어가서 보는 방법도 있지만 속에 있는 것을 다 끄집어 내 하나씩 확인하는 방법도 있으니까. 우린 후자의 방법을 취할 거야. 우웩! 하면 전날 먹었던 것들을 다 볼 수 있는 거랑 비슷하다고 생각하면 돼.

'나'를 드러내는 방법으로 '쏟아내기'가 있어. 쏟아내기는 말 그대로 나라는 존재에 대해 떠오르는 모든 것들을 쏟아내듯이 적은 거야. 밝고 즐거운 기억부터 어둡고 무섭고 힘든 아픔까지 모두 드러내는 거지. 예쁜 척, 용기 있는 척, 센 척하기 없기! 그냥 자기를 생각하면서 툭툭 튀어나오는 단어들을 낙서하듯이 쭉 적어 가면 돼. 떠오르는 것들 중에는 추억도 있고, 장소도 있고, 사건도 있고, 감정도 있을 거야. 어떤 것이든 다 적어 봐.

쏟아내기! 이거 해 보면 은근히 잘 안 될 거야. 생각이 툭툭 끊어지기도 하고, 떠오르는 대로 큰 사건을 쭉 적고 나면 더 적을 게 없는 것처럼 느껴지기도 해. 어떤 단어는 머리에 반짝 하고 떠올랐다가 '이건 안 돼!' 하는 자기 검열에 걸려 쏙 사라지기도 하지. 토한 것을 남들이 볼까 봐 얼른 다시 집어삼키는 것처럼 말이야.

드러내기를 거부하는 마음이 일어나는 거, 그건 내면을 보는 과정에서 당연히 일어나는 현상이야. 너만 그런 게 아니라 누구나 그런 맘이 들어. 그러니 두려워 말고 조금씩 접근해 볼까? 그것이 무엇이든 가까이 가야 더 잘 볼 수 있으니 말이야. 예쁜 나비를 보기 위해서는 나비 쪽으로 조심스럽게 한 걸음씩 다가가야 하듯 내면을 향한 발걸음도 한 발자국씩 사뿐히, 천천히 다가가야 해.

자, 내면에 접근하는 단계별 매뉴얼을 따라 한 발씩 나가 볼까?

■ 1단계-막 쏟아내기

쏟아내기 1단계는 먼저 '나'라는 주제로 나의 '과거-현재-미래'에 대해 떠오르는 대로 모든 것을 거침없이 막 쏟아내는 거야. 방법은 아주 간단해. 수업 시간에 마인드맵 많이 해 봤지? 그것처럼 하면 돼.

① 종이 가운데에 동그라미를 그리고 '나(이름)'라고 적기.
② 자신과 관련된 단어들을 떠오르는 대로 마구 적기(그림이나 이모티콘으로 그려도 됨).
③ 연상된 한 단어와 관련된 세부적인 것은 한 원에서 가지를 치고, 새로운 것이 연상되면 새로운 원을 그리며 적기.
④ 관련된 것끼리는 계속 연결하고, 내용이 세부적인 것은 가지를 치고, 전혀 다른 범주의 단어는 새로 갈래를 만들어 적기.

어때? 너를 드러내는 게 생각보다 쉽지 않지? 친구가 한 '막 쏟

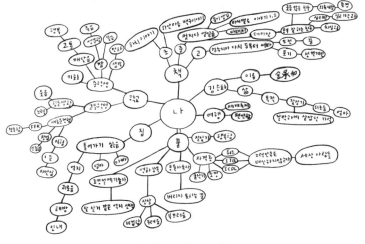

막 쏟아내기(고2, 남)

아내기'를 한번 볼까?

　뭐가 가장 눈에 띄니? 이 학생도 처음에는 종이를 펴 놓고 한참
을 머뭇거렸어. 시작이 어려워서 괜히 자신의 이름을 한자로 적어
보기도 했지. 그런 이후에 자신의 이름에서 연상되는 것들을 찾아
서 마구 쏟아내기 시작했어. '나' 주변의 큰 원을 살펴보면 '이름, 학
교, 집, 여행, 책, 꿈'으로 크게 갈래를 나누어 적었네. 그중 가장 많
이 쏟아 낸 것은 '책'에 관한 거였어. 이 친구는 초등학교 때부터 인
상 깊게 읽은 책의 영향으로 다양한 꿈이 생겼대. 꿈도 현실적인 선
택으로서의 꿈과 자신이 하고 싶은 꿈을 적었어. 그리고 특히 눈여
겨볼 만한 것은 이 학생에게 '집'이라는 공간이야. 집은 들어가기 싫
은 곳이며 억지스러움을 인내해야 할 곳이라고 적었네. 이렇게 나

쏟아내기에는 떠오르는 감정들도 그대로 적어 주는 것이 중요해.

■ 2단계-주제어 쏟아내기

1단계 막 쏟아내기를 해 보니 어떠니? 쉽지 않다고? 그래. 샘도 그랬어. 생각보다 감추고 싶은 게 정말 많더라고. 왜 그렇게 적는 게 망설여지던지. 마치 내가 그걸 적는 순간 그 말에 날개가 달려서 소문처럼 퍼질지 모른다는 두려움마저 생겼어. 그래서 알았지. '아, 내가 매일 많은 말을 하고 사는 것 같아도 한 번도 끄집어내지 않은 이야기들도 많구나.'

1단계 막 쏟아내기에서 적은 것이 너의 진짜 모습을 표현해 주는 것은 아니야. 처음 쏟아내기를 할 때, 번개 치듯 번쩍이며 뇌리에 스친 그것, 그러나 막상 적기는 꺼려지던 거 있었지? 다시 떠올려 봐도 회피하고 싶은 그것, 그것을 드러내는 것이 두 번째 미션이야. 이 미션을 수행하기 위해서는 좀 더 너의 내면을 들여다볼 필요가 있어. 이젠 좀 더 내면 깊이에 있는 것을 쏟아낼 수 있도록 2단계 '주제어 쏟아내기'를 할 거야.

2단계 '주제어 쏟아내기'는 내면 정밀 검진과 같아. 우리 몸에 특별히 염려되는 부분이 있으면 내시경이나 CT 촬영을 하는 것처럼 네 마음에 걸림이 있는 것들을 좀 더 정밀하게 살펴보는 거야. 주제어에 대해 연상되는 것, 특히 깜깜한 마음의 저 아랫바닥에 숨겨져 있는 그 무엇을 불러 주는 거야.

마치 이름을 불러 주는 것과 같은 거야. 너희도 샘들이 "야",

"너", "거기" 이렇게 부르면 기분 나쁘지? "쑥아" 하고 이름을 불러
주면 기분이 좋잖아. 세상에서 제일 기분 나쁜 게 뭔지 알아? 분
명 내가 이렇게 존재하고 있는데 나를 마치 없는 사람처럼 싹 무시
하는 거잖아. 투명인간 취급하는 거. 우리 내면도 마찬가지야. 내면
의 감정도 이름을 불러 주어야 얼굴을 보여 주고 마침내 웃을 수
있게 돼.

1단계 쏟아내기 할 때는 '나'라는 주제를 정해 줬지만 2단계 주
제어는 네 스스로 정해야 해. 그냥 정해 주지 머리 아프게 생각하
는 거 싫다고? 그런데 1단계 쏟아내기처럼 오래 고민할 필요는 없
어. 1단계 쏟아내기 종이를 한번 들여다봐. 그중 가장 쉽게 떠올랐
던 것은 무엇인지, 드러내기가 두렵고 망설여지는 것은 무엇이었는

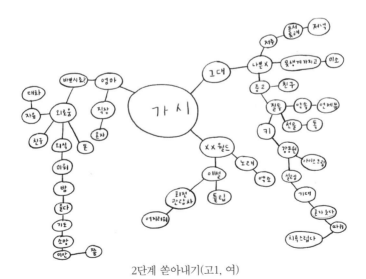

2단계 쏟아내기(고1, 여)

이미지를 활용한 주제어 쏟아내기(고2, 여)

지, 끝내 종이에 적지 못한 것은 무엇이었는지. 천천히 다시 들여다 봐. 그리고 그 단어를 중앙에 놓고 그것에 대해 깊이 생각해 봐.

　예를 들어 어떤 학생이 1단계 쏟아내기에서 '나의 가시'라는 단 어에 마음이 집중되었다고 생각해 보자. 그럼 '나의 가시'라는 것 을 중앙에 적고 그와 관련된 것들을 떠올리며 네 마음을 아프게 한 여러 일들을 적으면 돼. 마음에 가시 좀 있다고 사람이 바로 죽 는 건 아니야. 하지만 콕 하고 찔린 듯이 아프고 까슬까슬하게 수 시로 쑤시지. 아마 누구나 그런 마음속 가시 한두 개는 가지고 있 을 거야. 못다 한 말이나 슬픈 기억, 화나는 사건, 잊지 못할 만남, 자꾸 기억나는 어떤 사람, 긍정적일 수도 있고, 부정적일 수도 있 는, 가시 같은 마음을 들여다보고 그것들을 다 쏟아내는 거야. 이

것이 '주제어 관련 쏟아내기'인 거지.

쏟아내기는 여러 번 할수록 좋아. 1단계를 여러 번 해도 되고, 2단계도 주제별로 쏟아내기를 여러 번 해도 돼. 여러 번 할수록 막연하던 마음이나 생각이 점점 또렷하고 생생하게 살아날 거야. 현미경 도수를 올리면 피부가 아니라 세포가 보이듯이 우리 내면도 점점 집중시켜 나가면 진짜 마음이 보이기 시작해.

■ 3단계-날려 보내기

'쏟아내기'의 마지막 단계는 내 속에서 쏟아져 나온 것들을 날려 보내는 거야. 가장 쉽게 할 수 있는 방법이 다른 사람에게 말하기야. 나만 알고 있던 그것을 이젠 누군가에게 이야기하는 거지. 남에게 드러내고 싶지 않다고? 이해해. 누구라도 속내를 들키고 싶지 않고, 특히 약점은 보여 주고 싶지 않지. 친구들을 완전히 믿을 수 있는 것도 아니고 말이야. 괜히 믿고 이야기했다가 이상하게 소문나면 어쩌나, 뒷감당 못할 거 같고 그렇지?

그런데 왜 굳이 다른 사람에게 자신의 이야기를 하라고 하는지 한번 생각해 볼래? 쏟아내기를 해 보니 기분이 어땠어? 막힌 것이 뚫리는 느낌이었다는 학생들이 많은데 너도 그러니? 단지 종이에 적어 보았을 뿐인데 어떻게 이런 효과가 나타났을까?

또 먹는 것에 빗대 설명해 볼게. 우리가 밥을 먹으면 위에서 소화가 되고, 장에서 흡수가 되고, 마지막으로 변으로 배출이 되지? 감정도 똑같아. 어떤 상황에서 일어난 감정은 내 안으로 들어갔다가 다시 나와야 아무 문제가 없어. 화가 날 때는 화를 내고, 슬플 때는 울고, 억울할 때는 마구 소리 지르고 울적할 때 위로받으면 감정이 제대로 흘러 빠져나와 아무 문제가 없어.

그런데 먹은 것이 안 나오고 계속 장 속에 머물고 있으면 어떻게 되니? 소화불량으로 방귀가 나오고, 피부에 뾰루지 올라오고, 기분은 우울하고, 살맛 안 나는 거 너도 경험해 본 적 있지? 감정도 그래. 보통 부정적인 것으로 여겨지는 미움, 분노, 질투, 두려움, 죄의식 같은 거는 표현하기가 어렵잖아. 그래서 감정을 네 안에 묶어 두거나 더 깊은 곳으로 밀어 넣으면 그게 자꾸 문제를 일으켜. 나가고 싶다고 불쑥불쑥 올라오지. 가끔은 전혀 다른 엉뚱한 상황에서 감정이 북받쳐 올라오기도 해.

'쏟아내기'는 네 안에 있는 것들을 밖으로 내보내는 과정이었어. 마음속에 있는 걸 꺼내서 적었고 그것을 친구들에게 드러냈다는 것은 이제 너의 진짜 속마음을 네 스스로 인정하게 됐다는 거야. 화, 슬픔, 부끄러움 같은 감정도 기쁨, 행복, 자신감처럼 그냥 하나의 감정일 뿐이야. 좋다 나쁘다로 평가할 수 있는 게 아니야. 그냥 "그때 나는 기분이 이랬어."라고 말해 주는 것, 그것만 하면 돼.

과거에 왕따 경험이 있는 학생이 2단계 쏟아내기를 하면서 '왕따'를 주제어로 해서 그에 관한 아픔을 적었지만 발표는 못했지. 한참 동안 발표를 꺼리다가 용기를 내서 뒤늦게 자신의 이야기를 쏟아내며 발표를 했었어. 그 학생은 자신이 왕따였다는 것을 발표하면 이후에 더 왕따를 당하지는 않을까 걱정했었는데 그런 일은 전혀 생기지 않았어. 오히려 자신을 이해해 주는 친구들이 많이 생겼어. 주변 친구들을 잘 만나서 그렇다고? 혹시 반대의 결과가 올 수도 있다고 생각하니? 아니! 그 학생은 발표하는 순간 이미 왕따 당한 자신으로부터 자유로워졌고, 그 눈빛을 본 학생들도 그 학생의 용기에 박수를 보낼 수 있었던 거야. 그 학생은 이후에 왕따를 당하는 친구들에게 관심을 가지고 적극적인 도움을 주는 일들을 하게 됐어. 이 학생이 이런 발표를 하지 않았다면 왕따를 당한 과거의 자신으로부터 벗어날 수 없었을지도 몰라. 이처럼 날려 보내기는 그동안 갇혀 있던 감정들을 인정해 줌으로써 자유롭게 내보내는 역할을 해.

3단계 '날려 보내기'는 쏟아내기의 완성이면서 '알 깨기'의 시작이야. 날려 버린다는 것은 더 이상 너희를 힘들게 했던 그 무엇에 휘둘리지 않는다는 걸 의미해. 아주 무거운 거라 생각했던 것들이 마음을 열고 내뱉기 시작하면 별 거 아닌 것으로 변하는, 놀라운 경험을 해 보길 바랄게.

이런 방법도 있어!

▶뇌 구조 그리기
현재의 생각과 느낌을 뇌에 시각
적으로 그려 보기.
"지금 네 머릿속에는 무슨 생각이
있니?"

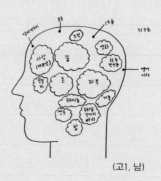

(고1, 남)

▶인생 그래프 그리기
자신의 과거를 정리해 보는 방법. 기쁨과 슬픔의 순간들을 표로 그려 보는 거
야. 미래의 인생을 상상해서 그려도 돼.
"네 인생의 파도를 그려 줄래?"

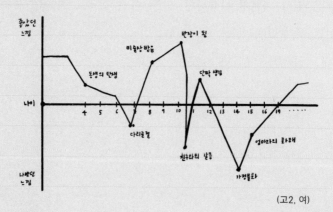

(고2, 여)

1-3

새로운 나로 태어나고 싶어
-알 그림 그리기

학교 벤치에 앉아 있는 묘샘을 향해 쑥이가 다가간다.

쑥 샘, 부르셨어요?

묘샘 날도 좋고 바람도 좋고 해서 쑥이랑 데이트하려고 불렀
지! (삶은 달걀이 든 통을 꺼내며) 요즘 책쓰기는 어찌 되어
가나 궁금도 하고, 달걀이나 까 먹자고.

쑥 (표정이 어두워지며) 저……. 달걀 싫어하는데요…….

묘샘 아니 왜? 이렇게 맛있는 걸! 혹시 달걀 알레르기 있니?
아, 그래서 쏟아내기에 달걀 적었구나.

쑥 그런 건 아니고요……. 그냥 달걀이 싫어요…….. 그때 나
쏟아내기 할 때도 적을까 말까 고민하다가 마지막에 적은
건데요. 휴…….

묘샘 (곁에 있는 쑥이의 손을 꼭 잡으며) 세상에 그냥 싫은 건

없어. 그냥 말하고 싶지 않은 거지. 그렇지 않아? 쑥아.

쑥 (눈물을 애써 참으며) 네, 말하고 싶지 않아요. 달걀 하면 아빠가 생각나고 그래서 그냥, 그냥 달걀이 싫어요.

묘샘 (쑥이 눈을 바라보며) 달걀이 아니라, 아빠가 싫은 거구나. 그런데 쑥아!

쑥 (눈을 피하며) 그냥 싫어요. 그냥.

묘샘 알았어. 근데 샘은 쑥이가 아빠가 왜 싫은지에 대한 진짜 마음을 볼 수 있었으면 좋겠어. 쑥이는 지금 알에 갇혀 있는 것 같아. 알을 깨고 나왔으면 좋겠어.

쑥 …… 알을 깨요?

묘샘 너 혹시 《데미안》이란 책 읽어 봤니? 거기에 나오는 표현이야.

쑥 그 책은 예전에 방학 숙제로 봤던 거 같은데……. 어려워서 다 못 읽어서 내용이 뭔지 잘 몰라요. 근데 그 책에 알 깨는 이야기 나와요?

묘샘 음, 사람은 누구나 자기만의 세계가 있지? 그 세계를 '알'이라고 해. 상처와 고통으로 가득한 알이 있고, 다른 사람들과 소통하지 못하는 딱딱한 알도 있고, 종교, 신념, 가치관 등 다양한 알이 있어. 그런 알 속에 있으면 그것밖에 안 보이지만 그것을 깨고 나오면 새로운 세상과 만날 수 있어. 근데 하나의 알을 깬다는 건 참 어려워. 평생을 두고 해야 할지도 몰라.

쑥 아…… 어렵다……. 감이 안오는데요…….

묘샘 그래? 괜찮아. (미소를 띠며) 샘과 오늘부터 '알 깨기 프
　　　로젝트'를 시작해 보자. 한 발 한 발! (삶은 달걀을 집어 들
　　　며) 자, 일단 이것부터 마저 까 먹고!

진짜 마음, 가짜 마음?

주변에 욕을 많이 하는 거친 친구들 있지? 일명 센 척하는 애들 말이야. 조용히 차근차근 이야기해도 되는 것을 큰 소리로, 욕을 섞어, 이마에 인상을 그리며 침 뱉듯이 말하는 이유가 뭘까? 그 친구들 진짜 마음은 어떤 걸까? 거친 행동으로 다른 사람들을 겁 주지만 사실 그 친구가 겁을 먹고 있는 건 아닐까? 자기가 말한 것을 남들이 들어 주지 않거나 인정해 주지 않을까 두려워서 센 척 하면서 진짜 마음을 숨기고 있는 건 아닐까? 그 친구의 진짜 마음은 아마 '내가 말하는 걸 들어 주고, 인정해 줬으면 좋겠어.' 일 거 같아.

조금씩 차이는 있겠지만 사람들은 종종 진짜 마음을 숨기는 거 같아. 샘도 그럴 때가 있거든. 너희도 그렇지 않니? 일부러 숨기는 경우도 있지만 진짜 마음을 잘 보지 못해서 그런 경우도 많아. 그 래서 이번에는 진짜 마음을 보는 연습을 해 보자. 바로 '감정 사진 찍기'야.

감정 사진을 어떻게 찍느냐고? 감정을 카메라에 담을 수는 없고 네 마음을 배경으로 셔터를 눌러서 감정을 정지시켜 봐. 다음 순 서대로 한번 해 볼까?

■ 감정 사진 찍는 법
① 마음이 불편한 일을 돌아보며 그때 마음이 어땠는지를 떠

올려 봐!

② 그 마음이 일어난 상황을 사진을 찍듯 가능한 한 상세하게 적어 봐.

③ 구체적으로 왜 그런 기분이 들었는지 적어 봐.

④ 그때의 마음을 있는 그대로 지켜봐.

지금 내 마음은 괜찮다고 말하지만 뭔가 걸림이 있습니다.

그때 저는 집에서 컴퓨터로 숙제를 하고 있는데 엄마가 게임만 하냐고 해서 억울하고 짜증났습니다.

"아, 그때 내 마음이 억울하고 짜증났었구나."

어때? 마음을 살펴보고 표현하는 것이 낯설었니? 그렇게 복잡하지는 않지만 마지막 마음 상태에 이름을 붙이는 게 좀 어려웠을 거야. 괜히 지난 일로 다시 기분이 가라앉는 느낌도 들고 말이야. 그건 당연한 반응이야. 네가 새 휴대폰을 익숙하게 사용하려면 시간이 걸리듯이 감정 사진 찍기도 시간과 연습이 필요해. 조금 낯설더라도 새로운 휴대폰 기능을 익히듯이 관심을 가지고 한번 해 보면 좋겠어.

감정 사진 찍기를 통해 마음을 제대로 읽기만 해도 가짜 마음에서 비롯된 엉뚱한 행동을 하지 않게 돼. 엄마한테 미안한 감정이 들면서도 괜히 신경질 내고 소리 지르는 것 같은 행동 말이야. 진짜 마음을 바라보는 것은 책쓰기에서 정말 중요해. 나만의 책을 쓰겠다고 하면서도 나의 '진짜 마음'을 모르고 책을 쓴다면 그 책은 가짜가 되기 때문이지. '나만의 책'에 무엇을 쓸지 고민하기 전에 드러내지 못하는 마음을 그대로 인정하고 봐 주기를 권하고 싶어. 그렇게 감정 사진들을 찍다 보면 네가 정말 좋아하고 원하는 것이 무엇인지 좀 더 쉽게 찾을 수 있을 거야.

누구나 '알' 속에서 산다

같은 행동이나 상황이라도 사람마다 반응이나 행동이 다르다는 걸 많이 느꼈을 거야. 선생님한테 같이 혼났는데 친구는 아무렇

지 않고, 나는 계속 기분이 나쁜 경우, 있지? 내가 지질해서 그런
가? 아니면 정말 선생님이 나만 기분 나쁘게 혼낸 건가? 똑같이 성
적이 떨어졌는데 전혀 괴롭지 않은 친구를 보면 더 짜증이 나기도
하지. '왜 저 애는 나처럼 힘들어하지 않지? 내가 문제인가?'

같은 상황, 다른 느낌! 같은 행동, 다른 마음의 이유는 모두 '알'
때문이야.

알?

알은 일종의 비유야. 알 속에 뭐가 있을까? 새 생명이 있지. 알
에서 다 자란 생명은 알을 깨고 나와. 왜냐하면 더 이상 알이 그
생명을 보호해 줄 수 없으니까. 그런 면에서 알은 생명을 보호해
주는 테두리이자, 언젠가는 깨고 나와야 하는 울타리야. 알 속의
세상이 좋다고 계속 그 안에 있으면 결국은 썩고 말아. 낯설고 위
험하지만 언젠가는 알 밖으로 나와 새로운 세상을 경험해야 해.

우리는 모두 알 속에 살고 있어. 여기서 알은 그 사람이 가진 생
각이나 습관, 도덕 규범이나 가치, 환경이나 경험 그리고 기억 등을
모두 합친 비유라 보면 돼. "저 사람하고 나는 생각이 달라." 하고
말할 때 생각도 알이야. 제비집을 먹는 음식 문화도 알이고, 나라
마다 다른 미인의 기준도 알이지. 그리고 어른께 함부로 말대꾸하
면 안 된다는 도덕 규범도 알이야. 그런 면에서 사람들은 각자 서
로 다른 알을 무수히 가지고 있다고 보면 돼.

어느 순간 알이 좁고 답답하게 느껴지면 너는 그 알을 깨고 나와야 해. 말했잖아. 다 자라고도 알에서 나오지 않으면 썩어 간다고. 어떤 알은 쉽게 깨지지만 어떤 알은 아주 단단해서 웬만해서는 안 깨져. 평생 가지고 살아가는 알도 있을 거야.

알을 깨고 나오는 시점은 알마다 다르고 사람마다 달라. 마치 우리 삶이 각자 다른 것처럼 말이야. 알은 한 방에 퍽! 하고 깨지지는 않아. 조금씩 힘들게 깨는 것이지. 이건 중요한 거야. 깨는 것과 깨지는 것은 엄청 다른 거야. 남의 힘으로 알이 깨지면 안 돼. 사람이 깬 달걀은 달걀 프라이가 되고, 스스로 깬 달걀은 병아리가 된다는 얘기, 알지?

알을 깬다는 것, 이제는 그것이 '성장'을 의미한다는 것, 이해하겠지? 알을 깨고 깨고 계속 깨면 무엇이 남을까? 나라고 하는 울타리며 테두리를 다 부수면 혹 내가 사라지는 것이 아닐까 걱정이 되니? 그렇지 않을 거 같아. 그렇게 깨지고 사라지는 것이라면 그것은 껍데기였음을 알 수 있잖아. 결국 나라고 여겼던 것들이 사실은 '나'가 아니라 잠시 '내 것'이었다는 것을 알게 되는 거지.

깨고 깨고 깬 자리에 마지막까지 남아 있는 그것, 그것이 진짜 나일 거 같아. 그 목소리를 만나기 위해 우리가 내면을 들여다보고, 쏟아내고, 알을 깨는 거 아니겠어? 책쓰기 하는 이유도 그것이고 말이야.

알 깨기가 뭐예요?

알 깨기는 먼저 자신의 알이 무엇인지 파악하는 '알 인식' 단계를 거쳐 그것을 없애기 위한 '알 깨기' 단계로 진행돼.

알 깨기에서 가장 중요한 것은 자신의 알을 깨고 나서겠다는 용기야. 자신의 상처를 드러낼 수 있어야 하고, 자신이 알고 있는 지식을 무너뜨리고, 자신이 믿고 있는 것을 배신할 용기가 필요해. 어때? 마음의 준비가 됐니? 너도 모르게 너를 속박하고 있는 수많은 것들의 정체를 확인하고 그 연결고리를 싹둑 잘라 버리는 상상을 한번 해 봐. 무거운 추에 매달려 있던 풍선들이 선을 끊어 버리고 하늘로 마구 솟아오르는 그 자유로움을 말이야.

용기를 내어 자신의 내면을 들여다보고 책으로 엮어 많은 사람들 앞에서 발표를 한 책이 있어. 고등학생들의 용감한 알 깨기 이야기를 담은 《소년 소녀 두근두근》이라는 책을 소개할게. 한번 읽어 보렴. 네 알 깨기를 하는데 도움이 될 거야.

정말 누구에게도 말하고 싶지 않았던, 감추고 싶었던 내 어린 시절, 없었으면 하는 모든 것들을 다 털어놓았다. 그런데 말하고 나니 그저 느낌은 '아무것도 아니네'였다. 지독하게도 감추고 싶었는데 막상 떠들고 나니 별 느낌이 없었다. (중략)

여러 가지로 느낀 것이 참 많은 '알 깨기'였다. 발표하고 나니 저절로 옛날 나의 모습이 떠올랐다. 친구들이랑 이야기하다가도 갑자기 엄마 이야기가 나오면 이상하게 위축됐던 나, 나는 친구들끼리 성적, 친구, 외모, 가족 등의 고민을 털어놓을 때 겉으로는 공감하는 척했지만 '저게 무슨 고민이라고.', '나 같이 힘들게 살았나, 쟤들이? 엄마도 있고 집도 좋은 곳에서 살면서. 참 행복한 고민이네 아주 그냥.' 이런 마음을 품고 있었다.

하지만 이제 나는 시원하게 코를 '흥!' 하고 풀었다. 시원하게 숨 쉬는 것을 꽁꽁 막고 있던 더러운 콧물을 흥! 하고 푸니 가슴이 탁 트이는 것이 느껴진다. 찌질했던, 그래서 자기가 이 지구상 드라마 속 비운의 여주인공이라고 생각하며 살았던 나, 이제 그만이다. 끝이다. 혹시 이 글을 읽는 너도 그런 아이가 아닌가 하고 자신을 한번 뒤돌아봤으면 좋겠다. 나는 '알'을 너에게 말해 주고 한 번 더 코를 흥! 하고 풀었다. 이제 네 차례다. 이제는 찌질하게 자신을 세상에서 가장 불행한 사람으로 만들지 말고 당당하게 코를 흥! 하고 풀어 보자!

_이은정(고2), 〈찌질아, 콧물이나 닦아라!〉, 《소년 소녀 두근두근》

이 책을 쓴 학생은 책을 쓰면서 자신의 알을 깨고 점차 가벼운 마음이 되었다고 말해. 친구의 이야기를 보면서 너도 좀 더 용기를 내길 바란다.

알 그림 그리기

'알 그림 그리기'란 자신의 알이 무엇인지 들여다보기 위해 알을 그려 보는 거야. 막연하던 생각이나 감정들도 적거나 그려 보면 더욱 선명하게 확인할 수 있어. 그림을 못 그린다고? 걱정할 필요 없어. 알 깨기를 하면서 마음의 문만 활짝 열면 누구나 멋진 그림을 그리게 돼.

■ 알 그림 그리는 법
① 빈 종이에 자신의 알을 둥글게 그려 넣기(크기는 자유, 메추리 알, 달걀, 타조 알 크기).
② 알 안에는 자신이 알(상처, 트라우마, 편견 등 자신을 힘들게 하고 자유롭지 못하게 하는 것들)이라고 생각하는 것을 적거나 이미지로 표현하기.
③ 알 밖에는 알 속에 적었던 것들을 깨고 난 이후 희망 사항, 또는 이미 알을 깬 사례들을 적거나 이미지로 표현하기.
④ 알 그림에 적은 것들 중 알이 깨진 것들은 지우기(깨진 표시 넣기).

알 그림을 그리다 보면 자신의 외모나 가정환경을 '알'이라고 이야기하는 학생도 많아. 하지만 전혀 그렇지 않은 친구도 있지. 어떤 것이든 자신이 알이라고 느끼는 대로 표현하면 돼. 그리고 알 그림 바깥에는 예전에는 알이었던 것 같은데 지금은 별로 그렇지 않은 것들, 노력해서 깨 버린 알들을 적어 봐. 또는 알 그림 안에 있는 알을 깨고 나온 세상, 네가 희망하는 삶의 모습을 그려 보는 것도 좋아. 글로 적어도 되고 이미지로 표현할 수도 있어. 네가 떠올린 것을 이미지로 말하는 것이 훨씬 편할 수도 있겠지?

친구들의 알 깨기 이야기

친구의 알 그림을 한번 살펴볼까? 그림을 그리던 당시의 알은 이마 점, 눈썹, 홍조, 시력, 그리고 하단에 그린 '옛날'이었어. 이 중에 몇 가지만 발표하고 자신의 가장 두터운 알은 마음으로만 그려 넣어 둔 거지. 친구들 앞에서는 발표하지 못한 알도 있었지만 이 친구는 알 그림 그리기 이후 발표조차 못한 그 부분

의 알을 깨고 많이 성장하게 됐지. 그렇게 가슴속에 묻어 둔 이야기들이 세상 밖으로 나옴으로써 자신의 알이 깨지기 시작하는 거야. 새로운 세상을 열고 변화를 만들어 가게 된 거지.

알 그림 밖에는 뭐가 있는지 볼까? 과거에는 문제가 됐으나, 어

떤 식으로든 극복이 된 알 껍질이라고 해야 할까? '여드름, 볼살, 뿔'이 있군. 남들 눈에는 사소해 보이지만 예전에 자신에게는 그것이 상당히 중요한 문제였다는 것을 알 수 있지. 한때 알이었지만 어느 순간 그것을 깨 버린 경험, 너도 분명 있을 거야. 어렸을 때 넘지 못하던 뜀틀을 휙 뛰어넘었다든지, 친구에게 먼저 화해를 요청해 사이가 좋아졌다든지 하는 경험 말이야. 그럼 너도 이미 알 깨기의 후련함을 알고 있는 거야. 그 후련함이 이제 더 큰 알을 깰 수 있는 힘으로 나타날 거야.

알 그림은 다 완성했니? 알 그림을 다 그린 너에게 진심으로 박수를 보내. 넌 원래도 참 멋졌지만 이제 더 멋져지는 거야! 하나의 알을 깨고 나면 내가 몰랐던 더 큰 알을 또 만나게 돼. 불에 대한 공포를 알로 그린 친구가 있었어. 그 친구는 이 공포심만 극복하면 세상 모든 것이 쉬울 것 같다고 생각했었지. 그런데 그게 어느 정도 극복되자 자신에게 남녀 성 역할에 대한 편견이 있다는 것을 발견하게 된 거야. 이제는 그게 깨야 할 알이 되는 거지.

하지만 한번 알 깨기를 해 본 친구들은 걱정할 필요 없어. 새로운 알 깨기는 더 과감하게 잘할 수 있을 테니깐. 그렇게 알을 깨고 또 깨면서 더 멋지게 성장하는 너를 봐.

알은 어떻게 깨지지?

알을 깬 힘은 어디서 나왔을까? '다르게 보기'에서 나오지. 알은 보통 그 알의 상황을 다르게 봄으로써 깨져. 다르게 보고 이해하는 순간 그건 이미 알이 아니야. 앞에서 그린 감정 사진을 다시 볼까? 다르게 보기를 하니 감정 사진의 색이 완전히 변해 버리지? 감정뿐만 아니라 생각이나 판단, 규범도 다르게 보기를 할 수 있어. 다르게 보고 다른 관점이 이해되는 순간 그 틀은 깨지겠지.

알을 깨는 또 다른 방법은 '소리 지르기'야. 소리 지르면서 떨쳐 버리는 거지. 자신의 알 그림을 들고 가까운 사람들과 함께 이야기를 해 봐. 처음이 어려울 뿐, 알 깨기를 한 다른 학생들이 그러하듯이 말하고 나면 오히려 자신을 옭아매고 있던 사슬이 풀린 것과 같은 해방감을 느낄 수 있을 거야. 네 날개를 꽁꽁 묶고 있는 것이

감정 사진 보기	다르게 보기
지금 내 마음은 괜찮다고 말하지만 뭔가 걸림이 있습니다. 그때 저는 집에서 컴퓨터로 숙제를 하고 있는데 엄마가 게임만 하냐고 해서 억울하고 짜증났습니다. "아, 그때 내 마음이 억울하고 짜증났었구나."	평소에 게임에 빠져서 엄마한테 야단 맞은 적이 많았다. 그러다 보니 컴퓨터 앞에 앉은 나의 모습을 엄마는 당연히 게임을 한다고 생각하신 것 같다. 엄마에게 오늘은 게임이 아니라 숙제 하고 있었다고 차분하게 말씀 드렸다면 억울하고 짜증난 마음은 없었을 것이다. 오히려 엄마에게 미안한 마음이 든다.

무엇인지 세상을 향해 소리쳐 봐. 자, 준비 운동으로 아래의 글을 큰 소리로 따라 외쳐 보자.

(자신의 '알'을 적어 보세요.) 그래서! 뭐! 어쩌라고!
예) 나는 키 작고 못생겼다. 그래서! 뭐! 어쩌라고!

사람이 태어나면서 갖게 되는 인종, 국적, 민족, 신체, 외모, 성별, 부모, 환경 이런 것들은 절대 알이 아니야. 그것을 부끄러워하거나 무시할 때 알로 바뀌는 것이지. 이 알은 성형하거나 국적을 바꾼다고 해서 깨지는 것이 아니야. 오히려 크게, 큰 소리로 인정해야 알이 깨져.

나는 얼굴이 크다. 그래서 뭐! 어쩌라고!
내 아버지는 눈이 안 보이셔. 그래서 뭐! 어쩌라고!

알이라고 여겼던 것이 사실은 '자기가 알이라고 생각'한 것임을 알면 돼. 알 깨기를 한 학생들의 공통된 소감은 "나만 사연이 있는 게 아니라 다들 평범해 보이고 아무 일 없는 것 같아도 각자의 사연이 있다는 것을 느꼈다"는 것이었어. 알 깨기는 알 속에 갇혀 있는 자신을 꺼내 책쓰기로 나아가는 첫 부리질 같은 거야.

1-4

더 자유롭게 날 거야!
-꿈 리스트 적기

쑥이가 밝은 표정으로 묘샘을 찾아온다.

쑥 (해맑은 표정으로) 샘! 이거 제가 만든 쿠키예요.

묘샘 우와? 정말? 네가 만든 거야?

쑥 샘 하고 지난번에 알 깨기를 하고 나니 문득 요리를 하고 싶어졌어요. 샘한테도 드리고 싶어서요. 제가 개발한 영양 쿠키예요.

묘샘 (쿠키를 집으며) 오, 영양 쿠키라고! 맛도 좋겠지? 그런데 쑥이가 알을 하나 깨고 나오더니 표정이 정말 살아 있네!

쑥 (머쓱하게 웃으며) 지난번에 알 깨기 수업 하고 났을 때 기분 좀 좋았었거든요. 그 기분이 쭉 가고 있긴 해요. 자신감도 좀 생기고.

묘샘 (함박웃음을 지으며) 아, 정말 잘됐다. 그럼 나 이참에 너한테 궁금한 거 하나 물어봐도 될까?

쑥 뭔데요?

묘샘 (생글생글 웃으며) 네가 내일 죽는다면 오늘 뭘 하고 싶니?

쑥 헉! 샘, 내일이라니요. 아, 뭐 그렇게 갑자기……

묘샘 (장난스러운 미소를 지으며) 우리는 언젠간 죽잖아. 하지만 걱정 마. 넌 내일 죽지 않을 거고 아주 오래오래 살 거니까. 자, 근데 그럼 우리 사는 동안 이 귀한 시간을 무엇을 하며 살 건지 한번 적어 볼까? 꿈 리스트를 적어 보는 거야.

쑥 넌 자질구레해서 꿈이라고 말하기에는 별로인 그런 것들밖에 없어요.

묘샘 세상에 자질구레한 소망이란 건 없어. 크고 작다는 것도 없어. 소망은 그냥 다 소중한 거야. 어쨌든 적고 싶은 게 있다는 말이네. 그걸 하나하나 다 적어 봐.

쑥 네. 꿈이라 할 수 있을지는 모르겠지만 일단 적어 볼게요.

네가 좋아하는 건 뭐니?

어릴 땐
난 뭐든 될 수 있었다
축구 선수는 물론
지구 용사까지도
할 수 있었다

지금은
난 뭐가 될 수 있을까
회사원은 무슨
취직이나
할 수 있을까

_박창훈(고2), 〈내 꿈〉

"넌 꿈이 뭐니?"

"그냥 재미있게 놀면서 살면 안 되나요? 그런 건 꿈이 아닌가요?"

"그럼, 그건 당연히 좋은 꿈 맞아. 네가 원하고 바라는 것이 꿈이지. 꿈은 절대 직업이나 거창한 목표가 아니야. 무엇이든 꿈이 될 수 있지. 중요한 건 '정말로 네가 원하는 것이냐?'를 물어보는 거야."

다시 물어볼게. "네가 좋아하는 건 뭐니?"

꿈을 그리는 자, 꿈을 닮아 간다

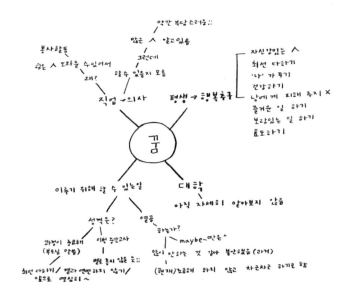

　이 그림은 민정이가 그린 꿈 지도야. 이렇게 간결하게 종이 한 장에 자신의 꿈을 그리기까지는 며칠이 걸렸어. 다 그려 놓고도 다른 사람에게 자신의 꿈을 말하기를 망설였지. 아마 자신의 꿈이 너무 비현실적이라고 생각해서일 거야. 그런데 한번 되물어 봐. 이상적이지 않다면 과연 그게 꿈일까? 이우학교 교장 정광필은 '가장 이상적인 것이 가장 현실적이다'라는 말을 했지. 샘은 이 말이 꿈의 의미를 잘 보여 준다고 봐. 이 학생은 자신의 꿈을 적고, 발표함으로써 자신의 꿈에 더 한 발 나아갈 수 있는 힘을 얻을 수 있었어.

'꿈을 꾸는 사람은 그 꿈을 닮아 간다'는 말 있지? 왜 그럴까? 네가 무언가를 꿈꾸고 있다면 그것은 아마 내면 들여다보기와 알 깨기를 통해 좀 더 솔직한 자신의 목소리를 들어서일 거야. 즉 사회나 부모의 꿈이 아닌 자신의 꿈을 본 것이지. 자기가 진짜 원하는 것이라면 누군가 말리거나 비난한다고 해서 중단하지는 않을 거야. 도전했다가 실패했다고 해서 좌절하지도 않을 거야. 왜냐면 그것이 네가 살아가는 힘의 원동력이니까.

꿈 리스트를 쓸 거야

자기가 원하는 것을 하라, 그래야 오래할 수 있고, 오래해야 잘 할 수 있으며, 잘할 수 있어야 행복하다.

_최진석, 《인간이 그리는 무늬》 중에서

한때 버킷 리스트 작성하기가 유행한 적이 있었지? 꿈 리스트는 버킷 리스트와 같은 의미지만 미묘한 차이가 있어. 버킷 리스트가 죽기 전에 못해 본 것을 해 보겠다는 욕구로 가득 차 있다면, 꿈 리스트는 하지 않고 못 배기는 것들, 혹은 지금부터 하나씩 이루고 싶은 자신의 희망 리스트라고 할 수 있어. 그래서 여기서는 꿈 리스트라고 부를게.

이 학생은 세 영역으로 나누어 꿈 리스트를 적었어. 친구들도 배려하는 마음이 보이네. 간략해 보이지만 이런 표를 책상 위에 턱 붙여 놓으면 마음이 달라질 거야.

고3 학생의 꿈리스트

이제 예전부터 꿈꿨던 것들, 알 깨기 이전에는 꿈조차 갖지 못 했지만 이제는 새롭게 꿈꾸게 된 것들을 담아 꿈 리스트를 만들어 볼까?

■ 1단계-꿈 쏟아내기

꿈 리스트 100개 적기, 아니 50개 정도는 적을 수 있겠니? 그쯤 이야 뭐 얼마든지 적을 수 있다고 자신만만해 하던 학생도 막상 20개 정도를 넘어서면 적는 속도가 느려지고 50개를 채우기 힘들 어 해.

꿈 리스트를 최대한 많이 적어 봐. 적어 보면 지금 가지지 못한 것, 해 보지 못한 것에 대한 욕구 해결용 꿈도 있고, 다른 사람이 이상하게 봐도 꼭 해 보고 싶은 강한 열망의 꿈도 있을 거야. 반복되듯이 비슷한 꿈이 나열되기도 할 거야. 네가 가장 원하는 것들이 보이기 시작할 거야.

꿈 리스트를 쓸 때는 꼭 하나씩 써야 해. 여러 개 나열하지 말고 말이야. 다음은 중학생이 쓴 꿈 리스트야.

1. 노래 작곡해 보기
2. 축구 전광판에 얼굴 나오기
3. 일본어 마스터하기
4. 공원에서 이젤을 놓고 화가처럼 멋지게 그림 그리기
5. 나의 배우자와 매주 봉사하기
6. 바리스타 자격증 따기
7. CAD 자격증 따기
8. 호랑이 키우기
9. 프랑스 와인 마스터하기
10. 시드니 오페라하우스에서 오페라 보기
11. 줄넘기 500개씩 하기
12. 조부모님과 해외 여행 가기

■ 2단계-목표 기한 및 실행 단계 설정

1단계에서 작성한 꿈 리스트 중에 정말 네가 이루고 싶은 것의 순위를 정해서 50개에서 20개로 줄여 볼까? 처음에는 적기가 어려웠지만, 이번에는 줄이기가 힘들 거야. 이것도 해야 하고, 저것도 포기할 수 없을 테니까. 그때는 꿈 리스트를 다시 가만히 들여다 봐. 진짜 네 것이 아닌 것이 있을지도 몰라. 그럴 때는 다시 질문해야 해.

- 나는 왜 이것을 꿈꾸는가?
- 이것은 진짜 나의 꿈인가?
- 이런 꿈을 가지게 된 이유는 무엇일까?

이렇게 줄인 꿈 리스트 20개를 같은 항목으로 분류할 수 있는 것끼리는 묶어서 정리를 하고, 항목별로 목표 기한, 중요도, 달성 여부, 달성 연도를 한번 적어 봐.

그럼 다음쪽과 같이 꿈 리스트를 표로 만들 수 있겠지? 어때? 구체적으로 목표 기한을 설정하니 꿈이 훨씬 더 네게로 다가오는 것 같지? 목록의 분류는 꼭 이대로 해야 하는 건 아니야. 네가 다르게 정해도 돼.

꿈 리스트

꿈 번호	분류	목표	목표 기한	중요도	달성 여부	달성 연도
1	도전	바리스타 자격증 따기	2016	5	1차 실패	고3 졸업까지
		CAD 자격증 따기	2017	4	진행 중	
2	가족	조부모님과 해외여행 가기	2015	4	진행 중	
3	봉사	매주 봉사활동하기	계속	5	매주 진행 중	
4	계발	일본어 마스터하기	2018	4	진행 중	

■ 3단계-구체적이고 현실적인 방안 적기

꿈 리스트 중에 꼭 이루고 싶은 것, 시일이 급한 것 등을 기준으로 선별해서 분류하면 열정과 에너지를 효율적으로 쓸 수 있어. 당연히 더 빨리 이룰 수도 있겠지? 개별적인 꿈을 이루기 위해서 현실적으로 네가 어떤 준비를 하고, 어떤 마음가짐을 가질 것인지 구체적으로 함께 적어 봐.

꿈 지도 발표 시간

꿈 지도를 책자로 만든 사례

꿈 지도를 붙이고 항해하라

꿈 리스트에 있는 것들을 최대한 이루고 싶지? 그러면 꿈 리스트를 선명한 이미지를 가진 꿈 지도로 바꿔 봐. 꿈 지도는 꿈을 이루기 위한 세부적이고 구체적인 과정을 조사하고 관련된 사진(그림)들을 연결해서 네 꿈을 이미지로 그려 내는 거야. 꿈 지도를 만들어 늘 볼 수 있는 곳에 붙여 놓고 매일 보는 거지.

《꿈의 토핑 한 조각 희망 소스 한 방울》이란 책은 학생들의 꿈 지도 그리기를 바탕으로 만든 자전적 소설이야. "정말 제가 가능할까요?"라고 묻던 학생들도 지금은 자신의 꿈 지도를 따라 꿈을 이뤄 가고 있어.

이 책에 수록된 〈봄날의 보랏빛 그림자〉는 유치원 교사가 꿈인 여학생의 이야기야. 이 학생은 꿈을 발표하고 유치원 전문가와 인터뷰해서 구체적인 실행 계획을 세움으로써 자신의 미래 꿈을 그렸어. 유치원 교사의 힘겨움이나 현실적인 조건들에 대해서 상세하게 알아본 후 더욱 구체적으로 꿈꿀 수 있었고 관련된 사진들을 보드 판에 붙여 두었지. 이 여학생은 현재 유아교육과에 다니고 있어. 책쓰기를 통해 자신의 진로와 꿈을 찾은 사례라 할 수 있지.

단 한 개만 골라 봐

꿈 리스트를 만드는 것은 책쓰기 활동에서 상당히 중요한 과정이야. 책쓰기 주제는 네가 적은 꿈 리스트 중의 하나가 될 거야. 만약 꿈 리스트에서 단 한 개만 남기고 나머지를 지우라고 한다면 무엇을 남기겠니? 마지막으로 선택하는 그것이 네가 가장 가치 있게 생각하는 것, 간절한 것이 아닐까? 하지만 마지막으로 남은 그 하나가 바로 책쓰기 주제로 연결되지는 않아. 왜냐하면 책쓰기를 할 때는 다른 조건들도 맞아야 하거든.

하지만 책쓰기를 할 때 너의 진짜 내면을 알고 시작하면 신나게 이야기를 이끌어 갈 수 있어. 이 과정을 적극적으로 해 보지 않고 책을 쓰기 시작하면 글의 소재도 빈약할 뿐 아니라, 멋지게 책을 만들려는 욕심에 지쳐서 책쓰기를 포기할 수도 있어. '나만의 책'에는 네 이야기, 진짜 네 욕망을 담아. 억지로 남의 인생을 흉내 내며 사는 것은 피곤하고 고단할 뿐이야. 제발, 이젠 남은 다 잊고 오만방자할 정도로 자신에 대해서 자부심을 가져 봤으면 좋겠어.

책쓰기 = 나 들여다보기

신에게는 아직 열두 척의 배가 남아 있습니다.

열두 척의 배를 끌고 백 척이 넘는 왜선과 싸우기 위해 출범하는 이순신을 생각합니다. 이순신은 장군이기 전에 한 아버지였고, 한 인간이었습니다. 모든 왜군이 이순신을 두려워하였지만 이순신도 벌떼처럼 몰려오는 왜적이 두려웠을 것입니다. 배 열두 척으로 물살을 가르며 나아갔던 이순신은 이기려고 나갔을까요? 다만 최선을 다하려고 나갔을까요?

요즘 우리 학생들의 일상은 그리 즐거워 보이지 않습니다. 학교 수업과 시험, 학원 공부와 부모님의 기대 어린 눈길로 어깨가 무겁습니다. 몸이 부쩍부쩍 성장하다 보니 그만큼 자주 피곤하고 감정도 제멋대로입니다. 친구들과 사이좋게 지내다가도 사소한 일로 다투고 나면 밥맛이 없고 영 기운이 안 납니다. 싸울 배도 없는데 백여 척의 왜선이 쳐들어온다는 보고를 받은 장군처럼 미래가 막막하게 느껴집니다. 어떤 때는 살아가야 할 인생이 두렵기도 합니다. 그때 이순신을 생각해 보길 바랍니다.

이순신에게는 배가 열두 척 남아 있었습니다. '겨우' 열두 척이 아니라 '아직' 열두 척입니다. 이 '아직'이라는 말에서 이순신은 명량해전에 단지 최선을 다하려고 나간 것이 아니라 이기려 나갔다는 느낌을 받습니다. 이긴다는 각오를 한다고 해서 꼭 이긴다는 보장은 없습니다. 하지만 목숨을 걸고 하는 전쟁, 이기자고 덤벼야 겨우 이길 수 있다는 것을 이순신은 알고 있었을 겁니다. 그래서 죽기를 각오하라 명하였습니다.

여러분에게도 '아직' 열두 척의 배가 있나요? 나는 '책쓰기'가 알 수 없는 미래의 물살을 헤쳐 싸우러 나가는 여러분의 열두 척 배라고 생각합니다. 무슨 말인가 싶죠?

책쓰기는 여러분이 여태껏 해왔던 학교 공부와는 다릅니다. 학교 공부가 정해진 내용을 정해진 형식에 따라 하는 것이라면 책쓰기는 여러분이 내용을 정하고 여러분이 형식을 정해야 합니다. 마치 한 번도 가 보지 않은 곳에 새 길을 여는 여행자 같이 나아가야 합니다.

이순신이 배 열두 척으로 왜적을 이길 수 있었던 것은 명량의 물길을 간파하고 있었기 때문입니다. 왜적은 절대 예측할 수 없고 간파할 수 없는, 깊고 복잡한 명량의 물길을 이순신은 여러 번의 경험과 관찰, 연구와 탐색으로 알고 있었던 것이지요.

명량의 물길은 여러분 마음입니다. 누군가는 겉으로 드러나는 현상만 보고 질풍노도라고 부르지요. 누군가는 언젠가 물길이 잦아들어 고요해질 거라고 기다려 주기도 하고요. 하지만 그 누구도 여러분 자신만큼 그 물길을 오래 들여다보고 대화하고 고민한 사람은 없습니다. 누구도 여러분의 마음속을 여러분만큼 잘 알지 못합니다.

책쓰기의 가장 큰 힘은 내면 들여다보기에 있습니다. 명량 물길을 들여다보는 이순신처럼 여러분은 책쓰기를 하면서 자신을 들여다보아야 합니다. 명량은 사람마다 다른 포말을 만들고 각자 다른 방향과 세기로 흐릅니다. 정해진 규칙이나 당연한 방향이 없습니다. 어른들이 만들어 놓은 길은 그분들이 자신의 명량을 따라간 흔적입니다. 여러분은 새 물길을 만들어 나가야 합니다. 그 과정이 없이는 책쓰기는 아무 의미가 없습니다.

어쩌면 여러분은 이미 다양한 형태의 프로젝트 활동을 하고, 구체적인 성과물을 만든 경험이 있을지도 모릅니다. 그러나 지금까지의 활동은 학교에서 주어진 과제이거나 더 좋은 성적이나 스펙을 목적으로 이루어진 것들이 대부분입니다. 진짜 '내가 하고 싶어 안달이 나서, 내 마음이 간절하게 열망해서' 한 것들이 아닙니다. 그러다 보니 마음의 명량에 가닿지도 못하고 머뭇거리거나 부서져 버립니다.

책쓰기 결과물에 너무 연연하지 않았으면 합니다. 책쓰기는 어느 한 잣대로 잘했느니 못했느니 평가할 수 없습니다. 당장의 결과물이 보잘것없다 해도 비로소 거대한 물길을 발견한 학생도 있습니다. 어떤 학생은 어느 것이 본류인지 몰라 이것저것 갈아타 보기도 합니다. 그 과정 자체가 소중합니다.

울돌목에서 들려오는 소리를 듣고 있나요? 어린이와 성인 사이의 좁은 물길을 지나가는 여러분 마음의 소리를 듣고 있나요? 그 소리에 귀를 기울여 주기 바랍니다. 어느 날 여러분은 그 소리가 무엇을 의미하는지 알게 될 것입니다. 책쓰기는 여러분이 명량을 지나갈 때 여러분을 지켜 주는 든든한 열두 척의 배가 될 것입니다. 어떤 적도 이겨 낼 수 있는 힘찬 책쓰기 함에 올라타세요.

2장
책의 밑그림을 그립니다

2-1
너 하나만 있으면 돼!
-제재 및 주제 선정

한숨을 내쉬며 복도를 지나가는 쑥. 묘샘과 눈이 마주치자 시선을 피해 버린다.

묘샘 쑥, 쑥, 예쁘고 착한 우리 쑥! 무슨 일 있어?

쑥 샘……. 저 책쓰기 못 하겠어요.

묘샘 응? 왜 그래? 쑥이가 쓰고 싶은 거 찾았다고 하지 않았어?

쑥 근데 도대체 뭘 어떻게 써야 할지 모르겠어요.

묘샘 그래? 그럼 차근차근 한번 풀어 가 보자. 쑥이는 요리를 할 때가 가장 행복하고 즐겁고, 또 제일 잘하는 거라고 말했지?

쑥 네…….

묘샘 그럼 쑥이가 요리에 대해 쓰고 싶었던 것들이 뭐지?

쑥 (한참을 생각하다가) 제일 먼저 제가 좋아하는 요리랑 제가 하고 싶은 요리를 생각했던 것 같아요.

묘샘 구체적으로 어떤 요리들이지?

쑥 평소에 제가 동생들 챙기면서 하던 된장찌개, 달걀찜, 라면. 음…… 그리고 카페나 블로그에 많이 나오는 크림 파스타, 크래커, 홈 베이킹 같은 요리들을 한번 해 보고 싶었어요.

묘샘 우와! 쑥이 요리는 완전 동서양의 만남이네!

쑥 근데……. 요리에 관한 걸 쓰기로 하긴 했는데 막상 뭘 써야 하는지 정말 모르겠어요. 레시피를 적어야 하나요? 아님 맛 평가를 해 볼까요? 이렇게 제가 좋아하는 요리만 막 적으면 책이 되는 건가요? 정말 답답해요.

묘샘 (미소를 띠며) 지금 정말 잘하고 있는 걸?

쑥 샘! 무슨 소리하세요? 전 정말 힘들어 죽겠는데…….

묘샘 그래, 알아! 이것도 쓰고 싶고, 저것도 쓰고 싶고 뭘 어떻게 써야 할지 막막하지? 그건 지금 쑥이가 책을 통해 말하고 싶은 게 정확하지 않아서 그런 거야. 책쓰기를 본격적으로 시작했다는 증거야. 다들 그런 고민에 빠지거든.

쑥 (한숨을 내쉬며) 네. 진짜 뭘 해야 할지 모르겠어요. 저, 이제 어떻게 해야 해요?

묘샘 여러 가지 중에 쑥이가 잘 쓸 수 있고 쓰고 싶은 것, 하

나로 범위를 한번 좁혀 보자! 이름하여 작전명 선택과 집
중!

내가 너를 진짜 좋아하는 거니?

1장에서 '쏟아내기', '알 깨기', '꿈 리스트 적기'를 통해 너의 진짜 마음속 이야기를 들었지? 그 과정을 통해서 너를 가슴 설레게 하고, 눈물짓게 하거나, 아니면 말하고 싶어 입을 간질거리게 만드는 단어 하나를 선택했을 거야. 여기서 '꿀팁' 하나! 네 마음속에 남은 이 마지막 녀석을 잘 관찰하고 키워야 해. 바로 이 녀석이 네가 쓸 책의 재료니까. '책쓰기는 내가 가장 말하고 싶은 것을 한 권의 책으로 엮는 것!'이라는 거 알고 있지? 그래, 마음속에 마지막으로 남은 단어! 네가 정말 쓰고 싶은 그것 하나를 가지고 쓰기 시작하는 거야. 이제 본격적인 책쓰기로 들어가 볼까? 준비됐니? 그럼 시작한다!

대부분 처음 책쓰기를 할 때 흔히 혼동하는 것 중에 하나가 제재와 주제일 거야. 요리로 비유를 하자면 재료인 떡은 제재가 되는 것이고 떡으로 만들고자 하는 완성된 맛있는 음식이 주제인 거지. 떡을 재료로 만들 수 있는 음식은 떡국, 떡볶이, 떡꼬치 등 다양해. 이처럼 똑같은 재료로 사람에 따라 다양한 음식을 만들 듯, 책쓰기에서 똑같은 제재를 선정했다 하더라도 이것을 통해 말하고자 하는 것은 사람마다 다양할 수밖에 없어.

쑥이는 책의 제재로 '요리'를 선택했어. 하지만 '요리'에 대해 무엇을 어떻게 써야 하는지 몰라 갈팡질팡하고 있어. 그건 '요리'라는 제재를 통해 말하고 싶은 자신의 마음을 정확히 모르고 있다는 말과 같아.

사실 쑥이는 그리 화목한 가정에서 자란 아이는 아니야. 맞벌이 가정의 맏딸로 늦게 퇴근하시는 부모님을 대신해서 저녁이면 늘 동생들 밥을 챙겨 줘야 하는 중학생이지. 그러다 보니 자연스레 또래에 비해 요리를 잘하게 되었고, 요리에 관심이 많아져서 쑥이에게는 요리가 큰 의미가 된 거야. 그래서 책의 제재로 정한 거야.

지금부터 쑥이의 속마음을 들여다보자. 너도 한번 생각해 봐. 부모님이 없는 집에서 동생들 밥을 차려야 하는 쑥이의 마음이 어떨 것 같아? 중학생이 밥을 차린다는 게 그리 쉬운 일이 아니잖아. 쑥이 또래들은 냉장고에 있는 반찬도 못 찾아 먹을 때도 있는데 쑥이는 요리까지 한단 말이야. 하지만 쑥이는 힘들게 요리를 하더라도 맛있게 함께 먹어 줄 가족이 한자리에 없어. 물론 동생들이 있긴 하지만 "수고했다, 우리 쑥이 정말 고마워."라고 말해 줄 부모님이 그 자리에 계시지 않지. 자신의 요리를 자랑하고 싶고, 칭찬도 받고 싶고, 어떻게 만들었는지 자신만의 비법도 말하고 싶을 텐데 말이야. 한마디로 쑥이는 가족이 한 자리에서 모여 대화도 나누며 행복한 시간을 보내고 싶은 마음이 큰 거지.

그럼 쑥이가 '요리'를 통해 진짜 말하고 싶은 건 뭘까? 쑥이의 사정을 들어 보니 대강 짐작할 수 있지? 쑥이는 가족이 함께 즐겁게 먹었던 요리, 오랜만에 아빠가 해 준 독특한 요리, 엄마에게 칭찬받은 요리, 자신이 개발한 요리, 자기 식구들이 좋아하는 요리 등을 통해 '요리에 얽힌 가족의 사랑 이야기'를 하고 싶은 거야. 아직 구체적으로 어떤 형식으로 쓸지는 몰라도 쑥이는 요리의 내용을 무엇으로 전개할지는 이제 확실하게 알게 된 거지.

너 하나만 있으면 돼!

책쓰기에서 주제를 강조하는 이유는 주제가 곧 책을 쓰는 목적이기 때문이야. 그리고 책 전체의 이정표와 같은 역할을 해. 주제는 네가 꼭 말하고 싶은 것이니까 한 줄로 요약할 수도 있겠지? 쑥이의 경우 "나의 요리는 우리 가족에 대한 나의 사랑입니다." 혹은 "사랑하는 가족들과 함께 음식을 먹으며 행복하게 살고 싶어요." 정도로 주제를 말할 수 있을 거야.

책쓰기를 할 때 모든 내용들은 주제를 중심으로 연결하고, 주제와 동떨어진 내용은 인정사정없이 버려야 해. 만약 쑥이가 책을 쓰다가 갑자기 요즘 '핫'한 남자 셰프한테 푹 빠졌다고 생각해 봐. 얼굴도 짱이고 솜씨는 국보급인 이 '상남자'가 너무 멋있게 보이는 거야. 그렇다 해도 쑥이는 자신의 책에 셰프 이야기를 넣으면 안 돼. 그럼 뒤죽박죽이 되고 말 테니까.

왜 주제가 정말 중요한지 알겠지? 물론 내면 들여다보기를 하면서 네가 무엇에 대해 어떤 내용을 쓸지 이미 어느 정도 결정했을 거야. 하지만 쑥이처럼 자신이 쓰고자 하는 주제를 명확하게 한 문장으로 적어 보면 중간에 딴 길로 새지 않고 네가 원하는 목적지로 갈 수 있어.

주제 정하기에서 꼭 기억해야 할 두 단어가 있어! 바로 '선택과 집중'이야! 주제를 선택했다면 이젠 이것만 바라보고 집중하는 거야. 그리고는 곁눈질하면 안 돼! 유행가 제목에 '나만 바라봐!'라고 있지? 그렇게 하란 말이야.

너에게만 집중할 거야!

책의 주제를 선택했다 해도 바짝 신경 쓸 것이 있어. 뭘까? 바로 주제의 범위를 최대한 좁히는 거야. 이거 정말 중요해!

의사가 꿈인 학생이 '의사'를 책쓰기 제재로 선택했어. 그리고 '의사를 향한 나의 도전은 계속될 것이다'로 주제를 정했어.

그럼 주제 선정은 다 된 걸까? 바로 글을 쓰면 될 것 같지? 그런데 여기에 문제가 있어. 그건 바로 '의사'라는 영역이 너무 범위가 넓다는 거야. 주제가 광범위하면 자료도 많이 찾을 수 있고, 내용이 많아서 꽤 괜찮은 책이 될 것 같지? 하지만 주제의 범위가 너무 넓으면 이것저것 잡다한 정보만 나열할 뿐, 정작 자신이 말하고 싶은 것이 뭔지 잘 드러나지 않게 돼. 음식은 많은데 먹을 게 없는 식탁 같다고나 할까.

좋은 책은 주제를 최대한 좁혀야 해. 그럼 주제를 어떻게 좁혀 나갈까? 그림을 보면서 이야기할게.

이 학생이 주제를 좁히고 좁혀 마지막으로 도착한 곳이 '눈 성형'이야. 여러 분야의 전문의 중에 성형외과, 그중에서도 여성 성형, 그중에서도 눈을 선택한 거지. 그래서 얼굴형에 따른 눈매, 눈매 성형에 따른 인상의 변화, 한국인이 호감 가는 눈매 등에 대해

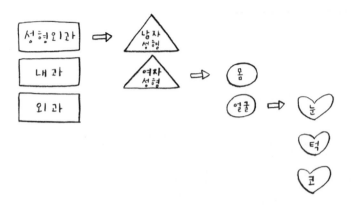

자료를 수집하고, 눈 성형을 잘 하는 의사와의 면담도 해서 책을 쓰기로 했지. 주제도 '눈 성형! 최고 1인을 향한 첫 발걸음'으로 바꾸고 말이야. 어때? 그냥 '의사를 향한 도전'보다 훨씬 끌리는 내용이지 않겠니?

이렇게 주제를 좁히는 것은 책쓰기의 승패를 좌우하는 아주 중요한 활동이야. 주제 좁히기를 할 때도 앞에서 했던 '쏟아내기'와 '주제어로 쏟아내기'를 활용하면 돼. 할 때마다 '내가 정말로 원하는 것인가?'라는 기준을 적용하는 거, 이제는 기본이지?

주제 찾기 과정이 쉽지는 않아. 하지만 이렇게 고민하는 과정에서 네가 진짜 무엇을 원하는지 제대로 알게 될 거야. 그러면서 이전에 정한 주제를 변경하는 경우도 있을 기야. 괜찮아. 누구나 그릴 수 있어. 책쓰기는 과정이 더 중요해. 주제를 바꾸는 과정이 한 발 뒤로 물러나는 게 아니라 몰랐던 자신을 발견하면서 한 발 더 나아가는 과정임을 알게 될 거야. 좀 더 너에게 집중해서 네가 진짜 쓰고 싶은 것을 선택하면 좋겠어.

나 제대로 선택한 거니?

주제를 정했다고 여기서 멈추면 안 돼. 돌다리도 두들겨 보고 건너는 법! 주제 점검의 과정이 필요하다는 말이야. 책이란 게 원래 독자를 염두에 두고 써야 하고 예상 독자의 평가를 고려해야 해. 하지만 일반 책과는 달리 우리의 책쓰기 주제 점검은 '나'에 좀 더 초점을 맞춰서 할 거야. 기준은 세 가지야.

흥미성

주제 선택에 첫 번째 점검 기준은 '흥미성'이야. '나는 정말 이 주제에 대해 쓰고 싶은가?' 여부를 점검하는 거야. 마음 들여다보기를 통해 찾은 주제가 여러 개 있었을 거야. 요리 레시피, 유년 시절의 회상, 여행 감상 등을 물망에 올려 그중 요리 레시피를 선택하고, 좀 더 구체적으로 '냉장고 속 재료를 활용한 야식 레시피'라고 정했다고 가정해 보자. 정한 다음에 이 주제에 대해 네가 정말 쓰고 싶은 것인가를 조용히 생각해 보는 거지. '내가 이 주제에 대해 할 말이 많은가?', '단순한 정보 전달을 넘어서는 의미가 있는가?'를 점검해 보는 거야. 왠지 멋있어 보여서, 쉽게 쓸 거 같아서 선정한 주제는 끝까지 쓰기가 어렵고, 정보 전달을 목적으로 하는 책은 너보다 뛰어난 전문가들이 더 잘 쓸 거야. 책쓰기를 즐겁게 끝내려면 네가 가장 재미있어야 해. 재미가 있으면 힘든 것도 이겨 낼 수 있어.

가능성

두 번째 점검 기준은 '가능성'이야. '내가 쓸 수 있는 능력이 되는 내용인가?'를 생각해야 해. 물론 처음부터 모든 내용을 알고 있어야 책을 쓰는 건 아니야. 책을 쓰는 동안 다른 책도 참고하고 인터뷰, 설문 조사 등 다양한 방법으로 자료를 수합하면서 많은 부분을 새롭게 알아 가는 재미 또한 책쓰기 과정의 또 다른 즐거움이기 때문이지. 하지만 여기서 문제는 정보 수집을 한다고 해도 우리가 가진 능력이 무한대가 아니라는 점, 책을 쓸 수 있는 시간이 한정되어 있다는 점이겠지? 유명 작가들은 한 작품을 몇 년 동안 몰두해 쓰기도 하지만 우리의 책쓰기는 기본적으로 1년 프로젝트로 진행된다는 점을 잊지 말아야 해. 1년 동안 내가 쓸 수 있는 범위와 능력 안에서 주제에 관해 써 내려가는 것이 중요해. 주어진 시간에 어느 정도 쓸 수 있는지, 나의 능력을 점검해 보는 것도 나를 알아 가는 하나의 과정이라고 생각해. 지금 완벽한 책을 쓰고 싶다는 마음을 좀 내려놓는 것도 필요해. 지금 쓰는 주제로 10년 후, 혹은 20년 후 진짜 전문가가 되어 책을 쓰고 있을 네 모습을 상상해 봐. 지금은 진짜 너의 내면을 들여다보고, 책쓰기의 기본 활동을 익히는 과정이라고 생각해.

유용성

마지막 점검 기준은 '유용성'이야. '내가 정한 주제가 5년, 10년 뒤에도 나에게 의미가 있는 것인가?'를 생각하는 거야. 참 애매한 질문이지? 하지만 이 질문이야말로 책쓰기의 목적을 되짚어 보는 질문이라 할 수 있어. 책쓰기는 과거, 현재의 너를 되돌아보는 과정이기도 하지만, 미래의 네 꿈과 희망을 찾는 과정이기도 하지. '5년, 10년 뒤에도 이 주제가 나에게 의미가 있는가?' 하고 질문하면서 '이 주제가 나의 미래에 어떤 영향을 미칠 수 있는가'를 점검하는 거야. 그렇다고 책쓰기의 주제를 꼭 너의 진로와 연계해서 정해야 된다는 것은 아니야. 가족의 사랑을 담은 사진첩, 여행 에세이, 판타지 소설 등을 쓴다 하더라도 이 과정에서 네가 느낀 것, 본 것, 깨달은 것 들을 담아낸다면 몇 년이 지나도 그것은 네 삶에 의미가 있을 거야.

2-2
네가 원하는 게 뭐니?
-독자 분석하기

컴퓨터실에서 뭔가를 썼다가 지웠다가를 반복하는 쑥이. 묘샘이 다가가 말을 건넨다.

묘샘 쑥아! 뭐하고 있어?

쑥 샘! 주제는 정확하게 잡은 것 같은데, 막상 쓰니까 이상해요.

묘샘 뭐가 이상해? 글이 잘 안 써진단 말이야?

쑥 그건 아니구요. 쓸 말이 생각이 나서 열심히 컴퓨터 앞에서 써 내려갔는데 다시 읽어 보니까 어떨 때는 존댓말로 썼다가 어떨 때는 반말로 썼다가. 암튼 이렇게 이야기했다가 저렇게 했다가……

묘샘 그래? 쑥이는 예상 독자를 어떤 사람으로 정했니?

쑥 예상 독자요? 그냥 책 쓰는 것만 생각했는데요.

묘샘 책을 쓸 때는 항상 예상 독자를 생각하며 글을 써야 해!

쑥 예상 독자를 어떻게 정해요? 내 책을 누가 읽을 줄 알
고…….

묘샘 그래, 쑥이 말이 맞아! 내 책을 누가 읽을지 누가 알겠
니? 근데 예상 독자란 쑥이가 책을 쓸 때 항상 염두에 두
고 있는 가상의 독자를 말해! 그 가상의 대상에게 이야기
한다고 생각하고 이야기를 써 내려가면 되는 거야.

쑥 그럼 글을 쓸 때 무조건 말하듯이 쓰란 말인가요?

묘샘 그런 말이 아니고! 예를 들어 볼게. 쑥이가 우연히 버스
에서 잘생긴 남학생을 봤어, 그래서 그 남학생이랑 '썸'을
타고 싶어! 그럼 어떻게 해야 할까?

쑥 일단 그 사람에 대해 알아볼 거예요. 뭘 좀 알아야 '썸'을
탈 기회가 있겠죠.

묘샘 맞아! 바로 그거야! 그 사람에 대한 정보가 있어야 하는
거지.

쑥 근데 도대체 책쓰기 이야기하다가 왜 갑자기 남자 이야기
예요?

묘샘 예상 독자가 바로 그 남자거든.

쑥 네?

묘샘 책을 쓸 때 예상 독자를 미리 분석하고 전략을 짜야 하
는 거야. 똑같은 이야기라도 할아버지께 하는 말투와 초등

학교 동생에게 하는 말투가 다른 것처럼 예상 독자에 따라 많은 것이 달라져.

쑥 아!

묘샘 예상 독자를 정하면 글을 쓰기가 한결 쉬워질 거야.

쑥 예상 독자, 그거 누구로 정하고 써야 하는지 잘 모르겠어요.

묘샘 괜찮아! 지금부터 '썸'을 타고 싶은 예상 독자들을 차근차근 골라 보자고!

예상 독자를 잊어서는 안 돼!

주제를 정했다면 이제는 주제를 전달하고 싶은 가상의 독자를 정할 차례야. 예상 독자는 네 책을 읽어 줄 가상의 사람이야. 예상 독자는 나이, 성별, 직업, 가치관, 환경 등에서 어느 정도 공통점을 가지고 있는 집단으로 봐도 돼. 네가 쓰는 책이 출판을 목적으로 하지 않더라도 글을 쓰는 그 순간부터 눈에 보이지 않는 독자와의 대화가 시작된 거야. 네 이야기를 독자에게 잘 전달하기 위해서는 항상 그들을 생각하면서 글을 써야 해.

이 책을 쓸 때 샘은 누구를 대상으로 책쓰기 이야기를 할까 고민을 했어. 책쓰기는 모든 연령층에서 할 수 있기 때문이지. 하지만 정말 책쓰기가 행복한 경험이 될 수 있는 사람은 중고등학생일 거라 생각했어. 그래서 너를 생각하게 된 거야. 너는 샘이 이 책을 쓰려고 마음먹었을 때부터 항상 내 곁에 살아 있는 존재였어. 혹 네가 어려워하지 않을까, 지겨워하지 않을까 걱정하면서 너에게 맞는 책을 쓰려 애썼어.

혹시 독자층을 고정해 버리면 책의 내용이 너무 한정되고 독자의 범위도 너무 좁아지는 건 아닌지 걱정되니? 만약 걱정이 된다면 이것 하나만 기억해. 한 사람을 감동시킨 책은 다른 사람도 감동시킬 수 있다는 거! 다만 독자가 달라지면 본래 내용의 뼈대는 그대로 유지하더라도 많은 부분을 바꿔야 해.

37개국에서 출판되었고 한국에서는 200만 부가 팔린 마이클 샌

델의 《정의란 무엇인가》라는 책을 알고 있니? '베스트셀러라고 하니 나도 읽어 봐야지!' 하는 생각으로 책을 들었다가 한숨을 쉬며 이내 책을 덮었던 학생들도 있을 거야. 이 책은 자유지상주의, 공리주의와 같은 사상과 아리스토텔레스, 존 롤스와 같은 유명한 학자들의 철학이 담겨 있어. 저자는 대학 교육 수준 이상의 지식을 가진 사람들을 예상 독자로 설정하고 썼기 때문에 네가 보기에 힘들 수도 있어.

하지만 '정의'를 꼭 성인만 알아야 하는 것은 아니겠지? 너도 정의롭고 싶은 사람 중 한 명이지 않니? 그래서 10대들이 알기 쉽게 풀어 놓은 《10대를 위한 정의란 무엇인가?》라는 책이 나오게 됐어. 원작자가 말하고자 하는 내용을 담되, 예상 독자인 10대 청소년들에게 맞추어 이해하기 쉽게 책을 재구성했어. 왼쪽은 성인들 대상의 책의 표지이고, 오른쪽은 10대들을 위한 책의 표지야.

어떠니? 표지부터 느낌이 조금 다르지? 10대를 위한 책의 표지에는 그림도 넣고 성인들의 책 제목에 쓰인 딱딱한 글씨체와는 달

리 글씨체도 아기자기한 느낌으로 꾸몄어. 청소년들에게 좀 더 친근하게 다가가려는 의도라는 걸 알 수 있을 거야.

책장을 넘겨 볼까? 영상에 익숙한 10대에 맞춰 책의 첫 페이지부터 2면에 걸쳐 시선을 집중시킬 수 있는 이미지와 색감을 사용해서 눈길을 사로잡고 있어. 이는 단순한 목차만 제시한 성인들의 책과는 처음부터 시작점이 다른 거야. 또, 책 내용 중 예시들도 청소년들이 쉽게 이해하고 접근할 수 있는 수준으로 모두 바꿨어.

성인들을 위한 책은 목차부터 딱딱하고 철학적인 느낌이 강해. 그리고 400페이지 넘는 분량이 모두 글로 이루어져 있는데, 문체는 어떨 것 같니? 안 읽어 봐도 딱딱할 것 같지 않니? 이 책을 보다가 《10대를 위한 정의란 무엇인가?》를 펼쳐 들면 소프트 아이스크림처럼 부드럽게 넘어가는 문체를 만나게 될 거야.

예상 독자를 어떻게 설정하고 분석하느냐에 따라 책은 많이 달라져. 문장을 끝낼 때 '~습니다. ~요, ~야.' 중에서 무엇을 선택할지도 달라지고, 책 두께나 내용의 수준, 사진의 활용도가 달라지고, 글씨 크기나 색깔, 줄 간격 등의 소소한 부분까지 다 달라지게 돼. 제목과 표지 디자인도 달라지니까 결국 책의 거의 대부분이 독자에 따라 달라진다고 볼 수 있어. 이제 왜 예상 독자가 중요한지 알겠지? 예상 독자는 주제와 같이 책의 시작에서부터 마침표를 찍는 그 순간까지 잊어서는 안 되는 존재인 거야.

다음 장에 소개할 책들은 너와 같은 학생들이 쓴 책이거든. 이 학생들의 책을 한번 살펴보면 예상 독자를 설정하는 이유를 더 정확히 알게 될 거야. '백문이불여일견百聞不如一見!' 너무 어려운 말인가? 일단 보자고!

독자에게 맞는 이야기 건네기

넌 과학 전문 서적을 자주 읽는 편이니? 사람들 대다수는 어려운 용어들과 딱딱한 문체 때문에 서점에서도 과학 도서를 자주 찾아보지는 않는 거 같아. 과학은 어렵다는 선입견 때문이겠지.

그런데 고등학생들이 과학 책을 써서 출판까지 했어. 반응도 좋았고! 대단하지? 영재 고등학교나 과학고등학교의 천재들이 쓴 책이 아니야. 대한민국의 평범한 고등학교 과학 동아리 학생들이 《동생에게 들려주는 재미있는 과학 이야기》라는 제목으로 쓴 책이야. 고등학생이 뭐 그리 과학적 지식이 풍부해서 과학책을 쓰고 출판까지 했을까 의심스럽지? 해답은 바로 독자에 있었어. 과학책은 과학자나 전문가들이 쓴다는 고정관념을 버리고 예상 독자의 연령층을 자신들보다 어린 독자로 설정한 거야.

책 내용이 궁금하지? 맛보기로 조금만 이야기해 줄게. 이 책은 예상 독자를 동생으로 설정하고 우리 주변에서 쉽게 볼 수 있는 '사랑과 호르몬의 관계, 색맹, RH⁻ 혈액형, 바이러스, 성性' 등에 관한 과학적 원리나 과학 상식을 재료로 삼았어. 그리고 과학적 내용을 동생

에게 이야기하듯 이야기로 만들어서 일기, 소설, 수필 등과 같은 다양한 형식으로 그 내용을 전달하고 있어. 어린 동생을 대상으로 쓴 책이니 시시하고 재미가 없을 것 같니? 그런데 샘이 읽어도 '과학 원리를 참 재미있는 이야기로 풀어내고 있구나!' 하는 생각이 들었어. 평소에 잘 알지 못했던 과학적 지식을 배우는 재미도 꽤 있었고.

두 번째로 소개할 책은 《대구, 어디까지 가 봤니?》라는 책이야. 제목에서 느껴지듯이 이 책은 대구를 한 번쯤은 여행해 본 사람을 예상 독자로 설정하고 있어! '대구의 어딘가는 가 봤다고? 근데 이런 곳까지 가 봤니? 이런 곳도 있다!'라는 식으로 자랑 아닌 자랑을 하는 책이지. 이 책은 예상 독자를 대구에 대한 경험이 있는 사람으로 설정했기에 대구의 알려진 명소가 아닌 숨겨진 이곳저곳에 대

한 이야기를 담아내고 있어.

　사과 향기가 퍼지던 동산 선교사 주택, 번잡한 시내 중앙에 길게 늘어선 진 골목, 삼성 그룹의 모태가 된 삼성상회 옛터 등 대구의 숨겨진 이곳저곳의 이야깃거리를 책에 고스란히 옮겨 뒀어. 대구라는 지역에 대한 경험이 있는 독자라면 '대구에 이런 곳도 있었구나!' 하면서 새로움을 느낄 수 있는 충분한 매력이 있는 책인 셈이지.

내 이야기를 들어주는 고마운 존재, 독자

혹시 '내 책을 누가 읽겠어? 그냥 써 보는 건데, 예상 독자 따위 생각하지 말고 그냥 쓰지!'라고 생각했다면 그건 오해야. 책쓰기는 내면 들여다보기를 통한 자기 이야기를 책이라는 형태로 표현하는 과정이라고 했지? 표현은 자신을 인정하고 긍정해 주는 과정이야. 그런 면에서 독자는 나의 이야기를 들어주는 고마운 존재야. 가상의 독자를 잘 선택해야만 내 이야기가 술술 잘 나올 수가 있어. 아무도 듣지 않는데 이야기를 계속할 수 있겠니? 전혀 말이 안 통하는 사람에게 네 깊은 이야기를 할 수 있겠니?

이제, 예상 독자는 네가 책을 쓰는데 없어서는 안 될 소중한 존재라는 것을 알겠지? 독자를 누구로 설정하느냐에 따라 하나에서 열까지 책의 모든 것이 다 변경될 수 있어. 그리고 예상 독자를 알면 네가 쓰고자 하는 주제에 대한 자료 수집도 독자에 맞게 명확하게 파악할 수 있어.

독자의 연령, 직업, 관심, 필요로 하는 것 등을 미리 철저히 조사하고 분석해서 책을 쓴다면 우리도 베스트셀러 책을 만들어 낼 수 있을 거야.

2-3

어디에나 틈은 있어!
-길잡이 책 분석 및 콘셉트 잡기

서점 앞에서 쑥이를 기다리는 묘샘. 헐레벌떡 뛰어오는 쑥이.

쑥 아, 죄송해요 샘. 서점이 어디 있는지 몰라서 한참 찾았어
   요.

묘샘 (눈이 휘둥그레지면서) 오방서점에 처음 와 봤어?

쑥 (주위를 둘러보더니) 바로 앞에 영화관 있네요! 여기 맞은
   편이라 말했으면 쉽게 찾아왔을 텐데. 오방서점이라고 하
   니까 모르죠.

묘샘 알았다 알았어! 암튼 들어가자!

쑥 서점에 들어가요? 왜요? 그냥 점심 먹으러 온 거 아니었어
   요?

묘샘 그 전에 서점에 잠시 들러서 '길잡이 책' 한 번 보고 가
   자!

쑥 길잡이 책이요? 그게 뭐예요? 여행 책이에요?

묘샘, 2층 안쪽 요리 전문 서적 코너로 쑥이를 데려간다.

묘샘 자, 여기 요리 관련 책이 많이 있어, 쑥아!
쑥 어…… 세상에, 요리 관련 책이 벌써 이렇게나 많구나…….
묘샘 (살짝 웃으며) 걱정 마. 네가 쓰는 책도 이 중의 하나로
    당당히 자리 잡을 수 있어. 자 이제 여기서 네가 쓰는 책
    에 도움이 될 만한 책들을 찾아봐.
쑥 왜요?
묘샘 쑥이가 책을 쓰기 위해서 다른 사람들은 어떻게 썼는가
    를 한번 살펴보는 것도 중요해.
쑥 알 것 같아요. 음…… (책 한 권을 집어들어 펼치며) 이 책
    디자인 좋네요.
묘샘 (고개를 끄덕이며) 그러게, 그 책 표지 정말 예쁘다. 디자
    인 말고도 내용은 어떻게 구성했는지 사진은 어떻게 넣었
    는지도 살펴보자!

오만방자한 책쓰기

네 책의 콘셉트는 뭐야?

길잡이란 말을 아니? 표준국어대사전에 길잡이는 '나아갈 방향이나 목적을 실현하도록 이끌어 주는 지침을 비유적으로 이르는 말'이라고 적혀 있어. 이렇게 거창하게 표현하지 않아도 대강의 의미는 알고 있지? '길의 안내자' 정도로 이해하면 될 것 같아.

세상에 하나밖에 없는 너만의 특별한 이야기로 책을 쓰는데 무슨 길잡이가 필요하냐고? 하지만 길잡이는 최종 목적지가 아니라 네가 가려는 길의 안내자 역할을 해. 최종 목적지와 가는 방법은 네가 결정하는 거야. 네가 '갑'이란 말이지. 단지 안내를 해 주는 다양한 정보가 있을 때 훨씬 더 정확하고 특색 있는 너만의 길을 찾을 수 있지.

흔히 '좋은 글을 쓰려면 좋은 글을 많이 모방하라!'는 말을 많이 하지? 그렇다고 우리가 길잡이 책을 분석하는 것이 책의 내용과 형식을 모방하려는 것은 아니야. 네가 쓸 책의 내용에 대한 '나만의 콘셉트'를 잡기 위해서야.

콘셉트! 주변에서 쉽게 듣는 말이면서도 정확하게 '딱 이거다'라고 말하기 힘든 애매한 단어지? 책쓰기에서 콘셉트는 한마디로 '내 책의 색깔'이야. 세상에는 수만 가지 색이 존재하지. 세상의 다양한 색처럼 수만 권의 책들도 각자의 색이 있어. 그리고 네 책에도 너만의 색이 있어. 여기서 색깔은 내용과 형식을 모두 포함한 거야.

같은 제재라도 어디에 중심을 두느냐에 따라 책의 색깔은 달라지지. 앞에서 진행했던 주제 좁히기와 독자 정하기는 나만의 콘셉트를 잡는 과정이었어. 그런데 주제와 독자 외에도 콘셉트를 좌우하는 요소가 있어. 뭘까? 우리가 보통 필feel이라고 부르는 느낌, 그것도 콘셉트야. 같은 패스트푸드점이라도 그 가게만의 분위기와 느낌이 있는 곳이 있어. 거의 대부분이 비슷한데 느낌이 달라! 이처럼 다른 느낌을 받는 데는 형식적 요소가 영향을 많이 끼쳐. 남들과 차별화된 제목, 표지 디자인, 프로필, 글자체, 이미지 배치, 독자를 배려한 소소한 친절 등이 여기에 포함돼.

요약해 말하면 콘셉트는 너만의 강조점point이야. 콘셉트는 네 책을 너만의 색깔을 가진 멋진 책이 되도록 하는 힘이자, 다른 책들과의 비교에서 돋보이고 살아남을 수 있게 하는 틈새라 보면 돼. 틈새를 노려라!

자, 그럼 먼저 나온 책들을 훑어보러 떠나 볼까? '난 이 책보다 더 멋진 책을 만들 수 있어!'라는 아주 오만한 자세로 말이야.

서점에서 길잡이 책을 찾아라!

1년에 몇 번이나 서점을 이용하니? 인터넷 서점 말고 오프라인 서점 말이야. 물론 책만 구매하려는 목적이라면 인터넷 서점을 이용하는 것이 시간적, 경제적으로 훨씬 좋은 선택이 될 거야. 하지만 인터넷 서점은 오프라인 서점에서만 누릴 수 있는 특별한 혜택을 포기해야 하는 아주 큰 단점이 있지.

1년에 평균 6만 권이 넘는 신간 도서가 출판되고 있고, 해가 갈수록 서점에서 우리가 접할 수 있는 책들은 어마어마하게 늘어나고 있어. 서점에는 내가 경험하지 못한 다양한 세계가 있고, 그 세상을 바라보는 다양한 생각들이 있지. 작은 세계 하나가 서점 안에 떡 하니 들어 있는 느낌이랄까? 하루 종일 서점에서 책의 표지와 목차만 읽어도 패나 똑똑해질 수 있을 거야. 수많은 색깔이 존재하는 서점에서 이제부터 너의 길잡이 책을 한번 찾아보자.

길잡이 책을 선정하는 방법을 두 가지로 나누어 살펴볼게.

첫 번째는 네가 쓰고 싶은 동일한 제재를 담고 있는 책을 찾는 거야. 너와 같은 제재로 다른 사람들은 어떻게 내용을 전개하고 있는지, 주제는 무엇인지, 인상적인 점은 어떤 것이 있는지 등의 내용을 살펴보는 거야.

아래의 글은 자전적 포토 에세이를 쓰려는 한 여학생이 자신의 길잡이 책으로 정한 《동감》에 대한 생각을 적은 글이야.

교보문고에 갔다.

이번 에세이는 나를 더 많이 드러내고, 내려놔야 한다는 생각이 들었다. 어떻게 보면 소설보다 더 쉬울지 몰라도, 나 자신에 대한 이야기를 어떻게 풀어 나가야 할지에 대해서 많은 생각을 해 봐야 되기 때문에 더 어려울지도 모르겠다는 생각을 했다.

학생 저자 작품인 포토 에세이 《동
감》이라는 책을 보았다. 사실 학생들
이 쓴 책이라 많이 기대는 하지 않았
지만, 몇몇 구절은 정말 내 가슴을 절

절하게 울려 왔다. 나도 이런 시기를 겪어 봤던 적이 있었기 때문
이다. 그리고 글과 사진의 조화가 적절하게 어우러져 있었다. 나
도 내 이야기를 이렇게, 담담하지만 보는 사람이 감동할 수 있게
쓰고 싶어진다는 생각이 들었다.

또, 이 포토 에세이 코너를 둘러보면서 문득 느꼈던 것은 이러
한 형식의 책들은 죄다 여행 탐방기 아니면 (그리 인생을 많이
살아 보지도 않은 것 같은) 작가들의 인생 코칭이 대부분이었다.
왜 아무도 자신의 이야기를 하지 않고, 멋진 말들로만 남을 혹하
게 만들려고 하는 것인지에 대해서도 조금은 의문점이 생겼다.

나 역시도 누군가를 위해 도움이 되려고 길을 놓아 주는 내용
보다는 나 자신을 드러내고, 나를 위한 휴식처 같은 책, 그리고
그 글을 읽는 내 또래의 친구들이 공감까지 할 수 있는 책을 쓰
고 싶다.

_길잡이 책 총평, S고(2학년)

이 여학생은 자신이 쓰려는 책의 제재와 형식이 동일한 학생 저
자 책을 길잡이 책으로 선정하고 그 느낌을 적었어. 자유롭게 쓴
글이지만 핵심적으로 길잡이 책에 대한 전체적인 인상을 적고, 포

토 에세이의 전반적 흐름에 대한 평가를 통해 '나 자신을 드러내고, 나를 위한 휴식처 같은 책, 친구들이 공감할 수 있는 책'이라는 자신만의 색깔을 찾았지.

아래의 표는 이 여학생과 똑같이 《동감》을 길잡이 책으로 선정한 남학생이 쓴 거야.

제목, 지은이, 출판사, 출판년도	《동감》 지은이-대구자연과학고등학교 자글자글 책쓰기 동아리	
분석할 것	특징과 느낌	나의 책은 이렇게!
저자 프로필의 특징은?	저자 프로필은 딱히 나와 있지 않고 학생 저자의 선생님이 소개를 하고 있음.	개인의 개성과 가치관이 드러나고 개개인의 작가가 쓴 글들의 전체적인 분위기가 드러날 수 있게끔 나누어서 설명한다.
목차 구성은?	대체적으로 자신과 밀접한 이야기나 관심사들로 구성되어 있다. 주제가 여러 가지이다.	주제가 너무 많게 잡혀 버리면 글의 특성이나 분위기가 깨져 버릴 수 있을 것 같다. 그래서 한 작가마다 큰 주제를 한 개 잡고 흐름이 깨지지 않는 범위 내에서 여러 가지 종류의 글을 쓴다.
내용 구성은?	1. 일상적인 이야기들, 가족 이야기, 학교 이야기 등 일상생활과 근접한 이야기를 많이 적었다. 2. 원래의 물건들을 새로운 시각으로 비추어 보기도 했다. 3. 자신의 과거 이야기들을 드러냄으로써 많은 공감대를 얻을 수 있는 내용이 많았다.	나의 이야기를 다른 사람들에게 전달하려고 노력하기보다는 담담하게 풀어 나갈 것이다. 거기에다 의미 있는 사진까지 함께 넣을 것이다.
전체 편집은? (표지 디자인, 그림, 글씨체, 책의 크기, 삽화 등)	가로로 긴 책. 보통의 책들과는 다른 형태의 책인데, 그 이유 때문인지 읽고 한 번 더 손이 가는 흥미로운 책이다.	기본적인 책의 형태(신국판 크기)를 생각하고 있지만, 아이디어를 모아서 길잡이 책과 같이 손이 한 번 더 가는 책을 만들고 싶다.
길잡이 책에 대한 나의 생각	전체적으로 구조는 새로웠고 내용도 내가 쓰고 싶은 책과 주제가 비슷해서 자료로 많이 활용할 것이다.	

_길잡이 책 분석, S고(2학년)

이 남학생은 저자 프로필, 목차 구성, 내용 구성, 전체 편집까지 길잡이 책의 내용과 형식을 세부 항목으로 나누고 분석해서 자신만의 책의 색깔을 찾았어.

너는 어떤 방법으로 너의 길잡이 책을 찾을 거니? 사실, 길잡이 책 분석 방법에 정답은 없어. 중요한 건 길잡이 책을 어떤 방법으로 분석했느냐가 아니라 이를 바탕으로 책을 어떻게 쓸 것인지, 너만의 색을 어떻게 드러낼지를 생각하는 거야.

길잡이 책을 선정하는 두 번째 방법은 네가 쓰고자 하는 책의 내용과 상관없이 형식적 측면에서 길잡이가 될 만한 책을 선정하는 거야. 베스트셀러 코너, 추천 도서 코너, 신간 도서 코너 등 서점에 전시된 코너별로 다니면서 눈에 띄는 표지, 제목, 책의 형식을 휴대폰 사진으로 담아 두면 돼. 길잡이 책이 꼭 한 권일 필요는 없어. 길잡이가 될 만한 책들의 일부분만을 휴대폰 사진으로 담아 봐. 이것을 토대로 네 책의 형식적(표지 디자인, 제목, 책의 편집, 저자 프로필, 글자 폰트 등) 색깔을 만드는 데 참고할 수 있어.

일종의 성장 포토 에세이인데, 잘 찍은 사진 몇 장으로도 몇 문장은 표현할 수 있다는 가능성을 보았다.

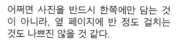

어쩌면 사진을 반드시 한쪽에만 담는 것이 아니라, 옆 페이지에 반 정도 걸치는 것도 나쁘진 않을 것 같다.

(가장 하고 싶은 형식 중 하나)
책 한 페이지를 전부 사진으로 하며 빈 공간에다가 글자를 써넣어 자연스러움을 표현하였다. 가능하다면 이런 류의 표현 방식이 괜찮을 것 같다.

길잡이 책 사진 찍기, S고(2학년)

어디에나 틈은 있다!

길잡이 책 분석을 하고 나면 자신감 충만 혹은 방전, 두 가지 중 하나의 노선이 정해질 거야. '내가 쓰면 이것보다는 더 잘 쓸 것 같아'라는 생각은 책쓰기에서 아주 바람직한 마음가짐이 될 수 있어. 그만큼 길잡이 책을 철저히 분석하고 길잡이 책의 단점을 독자의 입장에서 분석했다는 이야기니까.

하지만 "내가 쓰려는 게 전부 다 책으로 나와 있어요……."라고 자신감이 방전되는 경우도 있어. 네가 생각한 내용이 너무 식상하다고 생각되거나 도저히 아이디어가 떠오르지 않는다면 주제를 수정해도 괜찮아. 그런데 어디에나 틈새는 있기 마련!

틈새는 말 그대로 '작은 차이'야. 내용과 기본 형식이 비슷한데도 분위기만 달리해도 틈이 생겨. 틈은 대충 보면 잘 안 보여. 이전과 다른 눈으로, 엉뚱한 생각으로 바라보면 비로소 보이지. '이런 건 어떨까?' 하고 자꾸 시도해 봐.

틈새를 만드는 가장 쉬운 방법은 네 이야기를 쓰는 거야. 네 이야기를 길잡이 책 분석을 통해 점검하고 잘 다듬기만 하면 그게 곧 틈새가 되고, 너만의 콘셉트가 되는 거야. 자신감을 가지고 도전해 봐. 너는 정말 멋진 작가가 될 거야.

2-4
나는 이렇게 쓸 거야!
-책쓰기 다짐서와 추진 계획서

간만에 밝은 모습으로 묘샘에게 먼저 다가와 인사를 하는 쑥.

쑥 샘! 안녕하세요?

묘샘 (반갑게 미소 지으며) 오랜만이네. 잘 지냈어? 나 보고도
    쩡쩡 안 하는 걸 보니 책쓰기가 계획대로 잘 되고 있는가
    보네?

쑥 계획은 무슨…… 주제도 잡았고 길잡이 책도 분석했으니
    까 쓰기만 하면 되는 거 아닌가요? 글이야 '필'이 팍 올 때
    그때 막 쓰면 되고…….

묘샘 '필' 가는 대로? 막? 좋아! 쑥이 초고는 언제쯤 볼 수 있
    을까?

쑥 초고요? 그게 뭐예요?

묘샘 에구 이런…… 그럼 퇴고는 언제쯤?

쑥 퇴……, 퇴고……? 글쎄요……?

묘샘 최종 완성본은?

쑥 (울상을 지으며) 샘! 간만에 즐겁게 책쓰기 하려는데, 또 이렇게 시련을 주십니까?

묘샘 사랑하는 쑥아! 지금 네 상태는 여행을 가야지 생각하고, 여행지만 정하고 일정을 안 짠 것과 같아. 이제껏 열심히 준비를 해 왔으니 이제는 준비한 것들을 잘 정리해서 실천 계획을 세워야지.

쑥 네? 뭘 쓸지, 어떻게 쓸지 생각해 둔 게 계획 아닌가요?

묘샘 그건 계획이 아니라 '생각'이지. '계획'은 생각을 실천하기 위해 구체적으로 작성하는 거라 생각하면 돼.

쑥 방학 계획표처럼 책쓰기 계획표를 짜란 말이에요?

묘샘 당연하지! 어떤 일이든 계획이 중요한 거지.

쑥 잉…… 난 그냥 편하게 이제 쓰기만 하면 되겠다 하고 맘 놓고 있었는데. 샘 보니까 또 절망이에요.

묘샘 샘이랑 책쓰기 계획표 한번 작성해 보면 절망이 아니라 뭔가 깔끔해진 기분이 들면서 의욕이 생길 거야. 모든 건 마음에 달려 있어. 난 할 수 있다! 알지?

책쓰기 다짐서대로 이루어질 거야

《왓칭》이라는 책 읽어 봤니? 이 책에는 네가 바라보는 대로, 생각하는 대로 몸, 지능, 물질 등이 움직이고 바뀐다는 것을 양자역학이라는 과학적 근거를 들어서 말하고 있어. 한마디로 '생각한 대로 이루어진다' 이 말이지! 샘은 이 책을 읽으면서 책쓰기를 하는 너를 생각했어.

"제가 책을 진짜 쓸 수 있을까요? 시간 낭비하는 거 아니에요? 전 잘 못 쓸 것 같아요."
"포기할까?"
"그건 아니고요. 그냥 힘들다고요."

많은 학생들이 자신만의 색을 담은 책을 쓰고 싶어 해. 단지 그 과정이 낯설고 잘 써야 한다는 부담감 때문에 힘들고 자신감이 없어 도망가고 싶은 거지. 그래서 아주 간단하지만 마법 같은 주문서를 하나 만들어 봤지. 일명 책쓰기 다짐서!

책쓰기 다짐서는 항상 책상 앞에 붙여 두고 원고가 잘 써지지 않을 때, 쓰기 싫을 때, 내가 왜 써야 하는지 갑자기 화가 날 때 읽으면서 자신에게 마법을 거는 용도로 사용할 거야. 다이어트를 위해서 '에스 라인'의 멋진 몸매를 가진 연예인 사진을 곳곳에 붙여 놓고 '나도 저렇게 날씬한 몸매가 될 거'라고 생각하는 것처럼 말이야.

 책쓰기 다짐서에 들어가는 내용은 그리 특별하지 않아. 네가 책을 쓰고 싶은 진짜 이유와 되고 싶은 작가의 모습을 적고 그것을 선언하는 거야. 이런 책쓰기 다짐서가 필요한 이유는 자신감을 심어 주기 위해서야. 작가로서 확실한 의지와 자신감이 있어야 읽는 독자들도 네가 전달하고자 하는 내용과 의미를 정확하게 파악할 수 있거든.

 여기서 자신감은 잘난 척이 아니야. 그보다는 네가 진짜 쓰고 싶은 이야기를 전달하겠다는 진심 어린 마음이지. 이런 자신감과 진심은 어려운 말이나 아름답게 잘 꾸며 쓴 말로 전달되는 게 아니야. 그건 네가 책을 쓰려는 목적이 뚜렷하고 정말 쓰고 싶은 이야기를 쓸 때 가능한 거야. 그래서 스스로 책쓰기 다짐서를 적고 이것이 실현되도록 마음을 계속 다스리는 거지. 주문을 외우듯이 말이야. 거짓말 같니? 한번 해 봐.

책쓰기 다짐서	
책을 쓰는 이유	나는 _____ 이유로 책을 쓰려고 한다.
책 완성 시기	나는 _____ 까지 책을 완성하겠다.
독자의 반응	나는 독자들에게 _____ 반응을 얻고 싶다.
난 이런 작가이다	나는 _____ 한 작가이다.

책을 쓰는 이유

학생 예시

• 나를 한번 돌아보는 기회를 갖기 위해서
• 부모님께 내 꿈이 절대 뜬구름이 아님을 보이기 위해서
• 내 마음속 이야기를 털어놓고 마음의 짐을 내려놓고 싶어서
• 친구들과의 추억을 되새기기 위해서

책 완성 시기

학생 예시

• 고등학교 입학 전 새로운 다짐을 위해 새 학기 시작 전 2월까지 완성하겠다.
• 10월 학교 축제에 전시하기 위해서 9월까지 완성하겠다.
• 우리 반 아이들과의 추억을 나누기 위해 겨울방학 전 12월까지 완성하겠다.
• 부모님 자서전이기에 부모님 생신 한 달 전에 완성해서 선물로 드리겠다.

독자의 반응

학생 예시

• 책을 읽는 내내 눈물이 핑 돌았어.
• 여고생의 발랄, 엉뚱한 모습들을 꾸밈없이 드러내고 있어서 너무 재미있어.
• 일상의 이야기를 이렇게 다른 시각으로도 표현할 수 있다는 것이 참 대단한 것 같아.
• 정말 과학에 대한 열정이 잘 드러난 것 같아. 중학생이면서도 사물을 관찰하고 이를 기록했다는 게 정말 대단한 것 같아.

난 이런 작가이다

- 엄청난 미모를 가지고 있지는 않지만, 엄청난 꿈을 가진 꿈쟁이 작가이다.
- 솔직하고 직설적으로 표현하는 돌직구 작가이지만 마음만은 따뜻한 작가이다.
- 글보다 사진과 이미지로 승부를 거는 촉이 좋은 감각적 작가이다.
- 평범함 속에 담긴 특별한 의미를 캐는 광부와 같은 작가이다.

추진 계획서를 작성하라

책쓰기 다짐서로 마음의 준비는 완성! 이제는 책쓰기 추진 계획서(실천 계획서)를 작성할 거야. 모든 일에 계획이 필요하듯이 책쓰기에도 계획이 필요하거든.

책쓰기에서 계획은 시간과 내용을 함께 고려해야 해. 책쓰기 과정은 단기간에 끝이 나는 것이 아니고, 전업 작가가 아닌 이상 책을 쓰기 위한 시간 안배가 중요하거든. 물론 최종 완성본 시기는 책쓰기 다짐서에 적어 두었지만, 이것을 실현하기 위한 항목별 시간 계획이 필요한 거야. 중간고사, 기말고사, 학교 행사, 명절, 방학 등의 여러 일정들을 고려해서 네 손에 최종적으로 책 한 권이 들어오기까지의 시간적 계획이 필요하단 말이지. 시간적 계획에 필요한 큰 항목들은 '자료 수집(면담 날짜), 초고 완성, 최종 완성본, 인쇄소 의뢰' 등이야.

그리고 지금까지 책을 쓰기 위해 준비해 온 생각들을 종이 한 장에 정리해서 한눈에 알아볼 수 있도록 내용을 계획하는 게 필요해. 물론 책 내용을 어떻게 구성해야 하는지, 세밀한 계획을 세우는 방법은 3장에서 알려 줄 거야. 여기에서는 전체 책 내용의 계획에 해당하는 '제목, 예상 독자, 제재, 주제, 내용 및 목차, 콘셉트'

나만의 책쓰기 추진 계획서

제목(부제)	무대 위의 나
예상 독자는?	10대(막연하게 꿈만 꾸고 실천하지 않는 학생들) 그리고 나의 부모님
글의 제재는?	연기자로서의 삶을 왜 살고 싶은가에 대한 물음
전하고자 하는 내용은?	• 내가 왜 연기자가 되고 싶은지 • 누가, 무엇이 내게 힘을 주었는지 • 불안함, 안타까움 그리고 앞으로의 계획 • 왜 연기자라는 꿈에 확신이 들지 않았는지
글의 형식 및 콘셉트	사진 에세이로 하고 싶지만, 하고 싶은 말도 많고 에피소드에 해당하는 사진이 많지 않아서 수필 위주이지만 감성적 사진을 적절히 배치하려고 함(수필식 사진 에세이집)
목차 및 이야기의 중심 내용	1. 살짝 열린 문(계기): 평소 꿈에 없던 내가 왜 배우라는 직업에 관심을 가지게 되었는지 2. 외발 자전거(불확신): 과연 내가 이 직업을 가지고 행복할 수 있는지. 타인들의 시선, 자신감 바닥 3. 도움닫기(확신): 응원해 주는 사람들, 내가 정말 행복한 일, 인상 깊은 구절들 4. 몸부림과 날갯짓(노력): 배우의 길에 한 발짝 더 다가가기 위한 구체적 노력
고민되는 사항들은?	• 이 책을 통해 연기자로서의 길에 대한 확신이 드러나야 부모님을 설득할 수 있는데 이것이 잘 드러날지 걱정 • 에피소드에 해당하는 적절한 사진을 구하기 어려움

일정	3~5월: 자료 수집 및 개요도 작성, 〈5월 초 중간고사〉 6월: 연극 공연 관람(극단 배우 면담)-현충일(6월 6일) 휴일 이용, 〈6월 말 기말고사〉 7월~8월(방학): 초고 쓰기 9월: 국어 선생님과 친구들의 의견 피드백(수정하기)-추석 연휴 이용 10월: 최종 완성본 점검하기, 〈10월 초 중간고사〉 11월: 표지 및 디자인하기 12월(방학): 인쇄소 넘김, 〈12월 초 기말고사〉

등의 항목들을 정리하면 돼.

책쓰기 추진 계획서를 참고해서 살펴봐.

어때? 추진 계획서를 작성하고 나니 뭔가 정리가 된 것 같지 않니? 이제 정말 쓰기만 하면 될 것 같은 이 홀가분한 기분이야.

이런 생각을 정리하지 않고 바로 글쓰기로 들어가면 중간에 책쓰기를 그만두게 될지도 몰라. 텔레비전에서 작가들이 글을 쓰다가 '이건 아냐!' 하면서 구긴 원고지를 쓰레기통에 던지는 거 봤지? 전문 작가들도 쉽지 않은 책쓰기잖아.

하지만 너희에겐 마음을 단단히 지켜 주는 마법의 주문서 책쓰기 다짐서도 있고, 완벽 정리된 추진 계획서도 있어. 이젠 두려울게 없지? 그럼 좋아! 이젠 책쓰기 실전이다. 3장에서 네 이야기를 맘껏 펼쳐 보자.

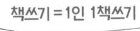

책쓰기 = 1인 1책쓰기

책을 쓴다는 것은 가장 잘 배우는 과정 중 하나다. 알기 때문에 쓰는 것이 아니라 쓰기 때문에 참으로 알게 된다.

_구본형, 《그대 스스로를 고용하라》 중에서

예전에도 우리는 책을 많이 만들어 왔습니다. 수업 시간에 쓴 글쓰기 자료를 모아서 학급문집이나 교지를 만들기도 하고, 개인적으로 예쁜 다이어리를 꾸몄습니다. 요즘은 블로그나 홈페이지, 카페, 트위터 등에 그날 그날의 감상이나 자신이 본 책, 영화, 사람 이야기를 자신만의 감각으로 누적해 갑니다. 이것도 넓은 의미에서는 책쓰기에 속합니다. 하지만 엄밀하게 말해서 이런 활동은 우리가 하려는 책쓰기는 아닙니다. 책을 한 권 만든다는 점에서는 결과적으로 같아 보이지만 책쓰기의 과정은 다릅니다.

책쓰기는 한 사람이 책 한 권을 써야 합니다. 그러기 위해서 주제를 정하는 것도, 자료를 수집하는 것도, 내용을 구성하여 편집하는 것도 각자 합니다. 그리고 표지 디자인과 제목, 프로필도 다 각자 씁니다. 일반적으로 상업 출판을 하면 표지나 삽화, 편집 같은 것은 출판사가 알아서 해 줍니다. 그냥 저자는 내용만 완성해 주고 나머지는 전문가에게 맡기는 거지요.

그러나 우리가 하고자 하는 책쓰기는 그 모든 과정을 직접 본 인이 해야 합니다. 왜 그럴까요? 바로 자기 삶의 이야기를 담는 과 정이 책쓰기이기 때문입니다. 내용뿐만 아니라 제목이나 표지, 목 차, 삽화, 편집 과정 또한 나를 들여다보고, 나를 표현하는 과정 이기 때문입니다. 전문가만큼 능숙하진 못하겠지만 자신이 원하 는 것을 스스로 선택하여 표현할 수 있기 때문에 꼭 여러분 스스 로 해야 합니다. 이제 알겠지요? 여러분이 선택하고 도전할 수 있 는 기회를 다른 사람에게 주면 안 됩니다. 다른 사람에게 여러분 의 삶을 맡겨 버리면 안 되는 것처럼요.

물론 그 과정은 낯설고 힘듭니다. 혼자 해결하기가 어려울 때가 많을 것입니다. 그때는 항상 곁에 있는 친구, 선생님들을 찾으면 됩니다. 여러분이 마음을 열고 책쓰기를 한다면 선생님과 친구들 은 끊임없이 의견을 나누어 줄 것입니다. 방향을 잡지 못할 때 함 께 고민해 주고, 격려해 주고, 멋진 아이디어를 줄 것입니다. 여러 분 또한 친구들에게 그런 역할을 하겠지요.

1인 1책쓰기를 하기 때문에 책쓰기의 영역은 무한대입니다. 안 되는 것이 없습니다. 여러분이 관심 있는 영역이라면 다 책쓰기를 할 수 있습니다.

국어, 영어, 수학, 사회, 과학, 도덕, 음악, 미술, 체육, 기술, 가정 등 모든 과목이 책쓰기 대상이 됩니다. 교과 지식과 관련해서 자신의 관심사나 공부법, 관련 에피소드를 보여 줄 수 있고, 동생이나 친구들을 위한 문제집도 만들 수 있습니다. 교과 관련 주제로 자기 생각을 담은 소논문을 써도 좋겠죠?

취미와 직업 관련 활동도 좋은 책쓰기 재료입니다. 커피, 미용, 요리, 농사, 소방, 여행, 공예, 게임, 운동, 연애, 아르바이트 등등 여러분이 좋아하고 관심 있는 모든 활동도 책쓰기가 됩니다. 잘해서 책을 만드는 것이 아니라 도전하는 과정을 모아 책을 만듭니다. 책을 쓰다 보면 누구보다 그 주제에 대해 많이 알게 되고, 더 잘하게 됩니다.

창작하는 것을 좋아하면 창작의 과정과 결과를 모아 책을 쓸 수 있습니다. 작곡, 그림, 일러스트레이션, 만화, 낙서, 사진, 시, 소설, 목공, 조립 등 무엇이든 가능합니다. 완성품만 넣지 말고 하나의 작품이 완성되기까지의 과정을 이야기로 담아낼 수도 있습니다. '~초보 탈출기', '~살아남기' 같은 책들을 생각하면 됩니다.

물론 여러분의 이야기가 아닌 다른 사람들의 이야기를 책으로 만들어도 됩니다. 부모님의 자서전을 써 드릴 수도 있고, 이웃에 홀로 사시는 어르신들을 인터뷰하여 그분들의 자서전을 대필해 드릴 수도 있습니다. 외국어로 된 책을 한글로 번역하거나 한글로 된 것을 외국어로 번역하여 책을 쓸 수도 있습니다. 게임을 좋아하는 학생이라면 외국에서 나온 새 게임을 설명하는 책을 쓸 수 있습니다.

무언가를 새롭게 만들어 내는 것이 부담스럽다면 주제를 정해 관련 작품들을 선별하여 묶는 선집選集 형태도 가능합니다. 계절마다 듣는 바이올린 연주곡집이나, 사랑에 대한 시 모음집도 가능하고, 자신이 좋아하는 운동 선수의 사진 모음집도 가능합니다.

이 외에 여러분의 머릿속에 떠오르는 바로 그 생각! 모두 책쓰기가 가능합니다. '안 돼'가 없습니다. 그 누구도 내가 결정한 내 삶에 대해 '안 돼'라고 말할 수 없는 것과 같습니다.

이제 좀 힘이 나지요? 우리가 하고자 하는 책쓰기는 '삶 쓰기'입니다. 자신이 살아가는 삶의 궤적을 책이라는 형태로 축소하고 정리하여 다시 만나는 것이지요. 아마 그 과정에서 여러분은 정말 어여쁘고 가능성 있는 자신을 만나는 희열을 맛보게 될 겁니다.

3장

책에 뼈대를 세우고 숨결을 넣습니다

3-1

꿰면 보배
-자료 수집하기

점심 시간 컴퓨터실. 음식 관련 파워 블로그에 들어가 사진들을 따온 후 저장을 하고 있는 쑥.

묘샘 쑥아! 지금 뭐해?

쑥 제 요리 책에 들어갈 자료 수집 중이에요.

묘샘 그래? 근데 혹시 지금 따온 사진들 그대로 쓸 건 아니지?

쑥 그건 아니죠. 제 책에는 요리 사진이 많이 필요한데 제가 찍은 사진들은 너무 허접하거든요. 그렇다고 여기에 있는 거 그대로 그냥 가져가서 쓰는 건 안 되는 거 알고 있어요. '정보와 윤리' 시간에 배웠어요. 이렇게 저렇게 생각하면 할수록 자료 수집 너무 어려워요.

묘샘 쑥! 근데 이렇게 블링 블링 예쁘게 나온 요리 사진들이 네 책에 꼭 들어가야 하는 거니?

쑥 이왕이면 예쁘면 좋죠! 책으로 만들어졌을 때도 훨씬 뽀
대 나고!

묘샘 샘 생각으로는 쑥이가 지금 자료를 잘못 찾고 있는 것
같아. 요리를 통해서 가족의 사랑을 전달하기를 원하지 않
았니? 그럼 예쁜 음식이 아니라, 사랑이 담긴 요리 사진이
필요한 거지. 한마디로 쑥이가 가족들을 위해 직접 만들
어서 직접 찍은 요리 사진을 말하는 거지!

쑥 사진이 별로 예쁘지 않으면 어떡해요?

묘샘 여기서 핵심은 사랑이 담긴 음식이면 된다는 거야. 중학
생이 만든 음식이 전문가처럼 예쁘고 화려하면 난 그게
더 이상할 것 같아. 쑥이가 직접 만든 요리의 레시피, 실
패한 요리, 완성된 요리, 요리를 먹는 가족들의 모습! 이런
것들의 사진이나 자료들이 쑥이 책에 필요한 것들 아닐까?

쑥 아…… 네…….

묘샘 자료 수집을 위해서는 네 책에 맞는 자료 수집 방법을
고민해야 해. 인터넷이 만능 해결사는 아니야.

내가 고른 자료는 나의 내면이다

책을 쓸 때 주제와 관련한 자료는 많으면 많을수록 좋아. 자료가 많을수록 그만큼 쓸거리가 많아지고 남들과 차별성도 만들 수 있으니까. 그런데 많다고 다 되지는 않아. 내게 필요한 것들이 많이 있어야 돼.

학생들의 자료 수집 결과물을 보면 분명 같은 책, 같은 사이트에서 같은 글을 읽었는 데도 내용이 다른 것을 종종 발견해.

"당연한 거 아니에요?"
"왜 당연하지?"
"서로 보는 관점이 다르니까 그렇지요."
"그렇네."

잘 알다시피 사람은 자신만의 기준과 욕망에 근거해서 세상을 바라봐. 여기서 너와 남의 자료가 어떻게 다른지는 중요한 것이 아니야. 정말 중요한 것은 '아, 내가 관심을 두고 있는 부분이 바로 이것이구나!' 하고 알아차리는 것이지. '남들에게는 별로 소중하지 않던 자료가 나에게 소중했던 것은 이쪽이 바로 내 관심사였기 때문이구나!' 하고 스스로를 알아봐 주는 거지.

1장에서 쏟아내기로 네 내면을 들여다보았다면 자료 수집은 이제 또 다른 방법으로 네 내면을 들여다보는 시간을 제공해 줄 거야. 책쓰기는 내면 들여다보기로 쭈욱 가는 거야.

자료 수집의 기본은 메모하기

자료 수집의 기본 자세는 '메모하기'야. 글 좀 쓰는 작가들은 모두 메모광으로 유명하지. 잃어버린 메모지를 찾기 위해 한밤중에 친구 집 문을 두드려 쓰레기통을 뒤졌다는 작가 이야기도 들은 기억이 나네. 좀 심한 경우이겠지만 그만큼 메모가 중요하다는 메시지로 받아들이면 돼.

메모 하면 메모지와 펜이 생각날 거야. 하지만 요즘은 녹음기, 사진기, 캠코더 등의 기계도 메모에 동원되지. 너도 주로 휴대폰을 사용하잖아. 도구가 어떤 것이든 자료를 수집할 때는 항상 기록하는 습관을 가져야 해. 메모는 기억과 생각의 정리에 보탬이 되고 새로운 아이디어를 많이 제공하니까 말이야.

인터넷 검색으로 찾은 진주

자료 수집 하면 학생 대부분은 인터넷 검색을 제일 먼저 떠올려. 너도 그랬지? 인터넷만큼 다양한 정보들이 실시간으로 제공되는 곳도 없지. 정말 훌륭한 자료 창고야.

하지만 인터넷에서 정보 수집을 할 때는 가짜 정보도 많다는 것을 기억해야 해. 다들 낚시 당해 본 적 있지? 가짜 정보에 한두 번 당한 경험이 있을 거야. 자료 수집을 할 때 자료를 명확하게 확인하는 건 정말 중요한 절차야. 실수로 책에 거짓 자료 한두 개를 담았다가 책 전체가 가짜로 오해받으면, 정말 억울할 거 아니니?

김춘수가 쓴 〈꽃〉이라는 시를 검색해 봐. 정말 많이 나와. 그런데 문제는 띄어쓰기나 행 바꿈이 자료마다 달라. 만약 네가 이 시를 꼭 쓰고 싶으면 시집을 찾아 확인을 해야 해. "나도 베꼈을 뿐인데요." 하고 변명한다면 그건 좀……. 네 책에 들어갈 자료에 대해서는 저자인 네가 책임을 진다는 자세를 가지는 게 필요해.

좋은 자료는 그때그때 담아 놓아야 해. 인터넷에서 정말 괜찮은 정보를 발견하고도 순간의 귀찮음 때문에 눈앞의 금덩어리를 놓치는 경우가 있어. '좋은 자료네, 다음에 이 자료를 이용해야겠다' 하면서 다른 곳으로 돌아다니지. 그러다 그 자료를 잃어버려서 찾느라 고생해 본 아픔, 알 거야. 나중으로 미루지 말고, 바로바로 글, 그림, 만화, 사진, 동영상, 음원 등 네 책쓰기에 쓰일 만하다 싶으면 무조건 '킵!' 이때 자료 출처를 같이 붙여 놓기 한다는 거! 잊지 마.

책쓰기 스승을 만나는 독서

자료 수집의 두 번째 방법은 독서야. 작가 김주영은 조선 시대

보부상들의 삶을 다룬 《객주》를 쓰기 위해 조선 시대 의복 관련 책들을 여러 권 꼼꼼하게 읽었대. 당시에 어떤 속옷을 입고 어떤 웃옷을 걸치는지 알아야지 등장인물들에게 어울리는 옷을 입히니까 말이야. 이처럼 작가들은 책쓰기를 위해 독서를 많이 해. 취미로 아무 책이나 읽는 것이 아니라 책을 골라 읽는 거지.

중세를 배경으로 하는 판타지 소설을 쓰려면 그때 사람들이 어떤 식사를 하고 어떤 옷을 입었는지는 조사해야겠지? 물론 자신이 상상해서 적을 수도 있어. 하지만 사실이든 상상이든 저자는 적어도 이야기 속 인물들의 옷과 헤어스타일, 들고 다니는 소도구들을 자세하게 설명할 수 있을 만큼 꿰고 있어야 해. 그러려면 신문, 전문 서적, 연구 논문, 문학 작품 등을 가리지 않고 찾아 읽어야 해.

책쓰기를 하려면 그 어떤 정보 매체보다 책을 많이 읽는 것이 좋아. 인터넷에 많은 자료가 있다고는 하지만 아직까지 인터넷에서 찾을 수 없는 자료들이 책에는 많이 있어. 다른 사람의 책을 자꾸 살펴야 더 좋은 네 책을 쓸 수 있어. 세상의 모든 책은 네 책의 스승이야.

책을 읽다 보면 책이 또 다른 책을 연결해 줘. 꼭 에너지가 흐르는 것처럼 말이야. 네가 선택한 책과 책 사이에 네 마음이 있을 거야. 책을 읽으며 내용을 요약하고 정리하는 것만큼 빠지지 말고 했으면 하는 것이 있어. '내가 이런 종류의 책을 좋아하는구나' 하고 알아차리는 거. 그러다 보면 막연하게 느껴지는 네 내면이나 진로, 꿈 같은 것도 보다 선명해지지 않을까?

다른 세상으로 들어가는 문, 관찰

성공한 시나리오 작가들은 자연스럽게 사람들을 관찰하는 습관을 지니고 있다. 그런 습관은 보통 사람들의 말하는 법과 행동 양식에 대한 안목을 키워 준다. 그들은 소리 내지 않고 모든 것에 대해 기록하며, 사물을 생생하게 선택적으로 보면서 그들이 속한 세계의 가장 작은 사실들에 대해 알고 있다. 카페와 공항, 식당, 기타 어떤 장소에서든 자연스럽게 사람들을 관찰하고 대화를 엿듣는다. 간단히 말해, 그들은 항상 주변 세계에 주의를 기울인다.

_칼 이글레시아스, 《성공한 시나리오 작가들의 101가지 습관》 중에서

위의 글처럼 관찰은 작가의 훌륭한 습관이야. 관찰을 할 때는 네 판단 기준과 생각을 버리고 마음을 열고 바라보는 게 좋아. 그냥 카메라 렌즈처럼 보는 거야. 버스를 타고 갈 때 서 있는 사람들의 행동이나 손짓, 자세를 한번 살펴봐. 운전기사가 급브레이크를 밟았을 때 몸이 어느 방향으로 먼저 휘청거리는지, 그때 사람들의 표정이 어떤 순서로 바뀌는지를 보는 거지. 그렇게 외면을 렌즈처럼 보다 보면 어느 순간 그 사람의 마음이나 심리도 보이기 시작해. '저 사람은 오늘 슬픈 일이 있나 보다', '무언가에 쫓기고 있는 사람 같아' 예전에는 지나가는 행인1, 행인2였던 주변 사람들에게서 사람 냄새가 나는 거지.

 관찰을 하다 보면 동일한 대상도 다르게 느껴지는 순간이 있어. '다르게 보는 눈'은 사진에서 선명하게 나타나는데, 옆에 있는 사진 한번 볼까?

뭐 같니? 학교 천장에 있는 전등이야. 한 학생이 우연히 학교에서 공부를 하다가 천장의 전등을 보게 된 거야. 이 학생은 전등을 유심히 관찰하다가 문득 전등이 자신의 부모님 같다는 생각을 했어. 왜냐하면 자신이 철없이 옆으로 빠져나가고 싶을 때 빛이 한곳으로 모아지도록 전구를 감싸고 있는 전등갓처럼 부모님이 자신을 감싸 주고 계신다고 생각한 거야. 실은 이 친구, 진짜 좀 강하게 사춘기를 겪었거든. 보통 때는 보이지도 않던 전등갓이 오래 관찰하다 보니 새로운 의미로 다가왔던 거지. 관찰은 평상시 보지 못한 것들을 보게 하는 제2의 눈이라 할 수 있어. 학교에서 '야자'를 하다가 일회용 포장지를 본 학생이 쓴 시를 볼까?

공부가 뭘까

턱.
책을 덮으며
옆의 친구한테 물어본다.
-우리는 왜 공부를 하지?

- 대학에 가려고

- 대학에서 이런 식으로 공부를 할까?

- 아니

- 그럼 대학만 가기 위해 공부하는 거야?

- 그렇지

- 이상하지 않아?

- 공부하자

그래, 공부는

1회용 포장지이다.

체험, 몸으로 세상을 만나다

관찰이 밖으로 향한 색다른 시선이라면, 체험은 세상을 내 몸으로 당기는 행위라 볼 수 있어. 직접 경험한 것만큼 생생하고 소중한 자료는 없어. 책에서 얻은 간접적 경험이 네게 도움이 된다 하더라도 실제 경험에는 비할 수가 없거든. 몸은 숨어 있는 너의 내면을 가장 잘 보여 주는 매개체야.

혹시 조정래의 《정글만리》라는 책 아니? 요즘 주목 받는 중국을 정글로

비유하면서 중국 사회의 모습을 사실적으로 담아낸 소설이야. 이 소설이 독자들에게 큰 공감을 얻은 이유가 뭘까?

조정래 씨는 이 책을 쓰기 위해 10년 동안 한국과 중국을 오가며 많은 것을 체험했대. 덕분에 독자는 아주 생생한 중국의 현실을 책 속에서 느낄 수 있어. 경험하지 않고서는 절대 표현할 수 없는 것들이 녹아 있기에 큰 호응을 얻을 수 있었던 거지.

아래 내용은 경찰이 되고 싶어 한 달에 한 번씩 사격장에 가서 사격을 배우는 학생이 쓴 거야. 직접 사진을 찍고, 설명을 하는데 경험자만이 보여 주는 자신감과 여유가 넘치는구나.

위에 사진은 내가 초점 맞추고 자세 맞추는 모습인데 저 자세 만들기 진짜 어렵다. 그게 산탄총이 워낙 무거워서. 내 오른쪽 팔 봐 봐라. 힘 들어갔제. 얼마나 무거우면 근육(?)이 생기겠노. 그리고 저기 탄 가루 봐 봐라. 보이제?

저거 냄새 오징어 타는 냄새다. 진짜~~! 그리고 사격 다 하고 탄창 열면 구멍에 있는 탄피 날아간데이. 여기도 보이네. 왼쪽 아래에 있다. 찾아 봐라. 찾으면 내가 100원 줄게.

_박한웅(K고 1학년)

경찰이 되고 싶어 직접 총을 쏘는 친구야. 저 학생에게 꿈은 막연한 것이 아니라 명중률이 높은 현실이 될 거 같아. 너도 가만히 앉아서 마우스 클릭에만 의존하지 말고 직접 경험을 해 봐. 비록 경험의 양이 적어도 괜찮아. 몸으로 직접 겪어 보는 것이 너를 이해하고 키우는 가장 큰 에너지가 될 거야.

살아 있는 사람 인터뷰하기

최고의 성공적인 투자가라 불리는 워런 버핏은 1년에 한 번씩 자신과 함께 점심식사를 할 수 있는 특권을 경매에 붙인대. 210만 달러에 낙찰 받은 사람도 있어(우리 돈으로 21억, 헉! 버핏은 받은 점심값을 전액 자선단체에 기부했대. 이것도 헉!). 과연 워런 버핏과의 점심식사가 그 정도로 가치가 있을까? 그런데 3시간에 걸쳐 버핏과 점심식사를 했던 사람들 중 그 누구도 자신이 낸 점심값을 아까워하지 않았대. 그 짧은 시간에 그들은 무슨 이야기를 나누었을까? 너라면 워런 버핏과 인터뷰한다면 무엇을 물어보고 싶니?

이제 인터뷰할 준비를 해 보자. 그런데 정말 꼭 인터뷰를 해야 하나? 책으로 읽고, 인터넷 자료만으로도 가능한데 왜 굳이 만나야 하지? 이 질문에 답을 얻지 못한다면 어쩌면 인터뷰는 형식적인 과정에 그칠지도 몰라. 너는 인터뷰해야 하는 이유가 있니?

인터뷰는 네가 꿈꾸는 미래의 너를 만나는 시간 여행 같은 거야. 그러니 진지하게 스스로에게 묻고 가장 적합한 사람을 찾는 것이 중요해. 인터뷰의 승패는 상대가 아닌 너에게 달려 있어. 왜냐? 대답은 질문에서 나오기 때문이지. 물론 우문현답이란 것도 있지만 대부분의 대화는 가는 만큼 오고, 오는 만큼 가는 게 상식이야. 그러니까 가벼운 안부 인사나 어디서나 다 찾아볼 수 있는 답 정도를 묻기 위해 군이 인터뷰를 준비할 필요는 없어.

좋아. 이제 만나러 갈까? 인터뷰를 준비할 때는 크게 네 가지를 생각해야 해.

- 누구를 인터뷰할까?
- 어떤 방식으로 인터뷰를 할까?
  - 이메일, 종이 편지, 화상, 대면
- 인터뷰 질문은 무엇으로 할까?
- 인터뷰 결과를 책쓰기에 어떻게 활용을 할까?

인터뷰 대상은 내 질문에 따라 달라져. 양자역학에 대해 쓴다고 세계적 권위의 물리학 박사를 찾아가야만 하는 것은 아니야. 오히려 수준에 맞게 쉽게 설명해 주시는 물리 선생님이 더 나을 수도 있지. 육군사관학교에 입학하고 싶다면 육군사관학교에 입학한 선배를 찾아가 구체적인 이야기를 듣는 것이 훨씬 보탬이 될 거야.

인터뷰 대상을 정할 때에는 단순히 세상의 유명세에 기대지 말고 나에게 시간을 충분히 내 주고, 구체적인 이야기를 해 줄 수 있는 사람을 찾는 게 좋아. 아, 그리고 인터뷰 대상자는 한 명만 정하지 말고 여러 명을 골라 순위를 정해 둬야 해. 한 명만 믿고 추진하다 거부당하면, 일이 참 힘들어져.

인터뷰 단계별 대비법

(1) 1차 연락 - 인터뷰 신청
- 내용 : 자기소개, 인터뷰 목적, 인터뷰 방법, 인터뷰 허락을 간절히 요청한다.
- 태도 : 겸손하고 성의 있는 모습을 보인다.
- 방법 : 이메일이나 전화로 연락한다.

인터뷰를 계획할 때는 시간 여유를 많이 두고 시작해야 해. 상대방의 스케줄도 있고, 우리도 책쓰기 계획이 있기 때문에 뒤로 미루다가는 막판에 '개고생' 하는 경우도 많아.

하루에 수백 통씩 메일을 받는 유명인에게 인터뷰를 신청할 때는 문구 작성에 정성을 많이 들여야 해. 자칫하면 스팸 메일로 취급받거나 '죄송합니다. 일정이 어렵네요.' 정도의 답 메일이 날아오기 일쑤니까. 경험자들에 의하면 전화가 제일 효과가 좋대. 목소리에는 그 사람의 열정과 진지함 같은 게 훨씬 잘 드러나거든. 인터뷰 신청 단계부터 아마 힘이 빠질 수도 있어. 그럴 때는 스스로에게 '20억 짜리 점심 인터뷰'를 준비하고 있다고 격려를 해 봐.

(2) 2차 연락-질문 문항 보내기

• 사전 조사 : 인터뷰 대상자의 저서, 글, 활동을 조사한다.

• 문항 만들기 : 자신이 정말 궁금한 것, 그 사람이 아니면 안
되는 것들에 대해 구체적으로 질문을 준비한다.

질문은 네가 궁금한 것으로 하면 돼. 물론 인터뷰 한 번으로 모
두 해결하기는 어려울 거야. 질문에는 상대가 답을 줄 수 있는 것
도 있고, 줄 수 없는 것도 있어. 아니 어쩌면 모든 질문의 답은 질
문하는 사람만이 알고 있는 게 아닐까 하는 생각을 해. 왜냐면 말
이지. 음, 샘 생각에는 어떤 상황에도 맞는 정답이란 것은 애당초
존재하지 않는 거 같아. 그럼 왜 굳이 인터뷰하냐고? 그 참, 한술
에 배부를 수는 없잖아. 조금씩 질문하고 답에 다가가고 또 질문하
고 답을 찾아가는 거지.

괜히 힘 빠진다고? 대신 인터뷰의 팁을 줄게. 만약 네가 인터뷰
를 잘하고 싶다면 사전에 공부를 많이 해야 해. 질문이 구체적이
면 대답도 구체적이고, 질문이 참신하면 대답도 참신해져. 팁이 전
혀 맘에 안 든 표정이군. 알았어. 다른 친구 사례를 보면 좀 기운
이 날 거야.

다음은 한의사가 되고 싶은 학생이 한의사에게 질문한 문항이야.

1. 한의사라는 직업을 가지려고 마음을 먹게 된 동기는 무엇이었
나요?

2. 한의사라는 직업의 장단점은 무엇인가요?

3. 한의사가 되기 위한 조건으로는 무엇이 있나요?

4. 한의사로 일하면서 가장 보람을 느꼈을 때와 힘들었을 때는 언제입니까?

5. 한의사의 발전 가능성에 대해 말해 주세요.

6. 주로 몇 시간 정도 일을 하십니까?

7 지금 한의사가 되려고 하는 저에게 해 주고 싶은 말씀이 있다면 해 주세요.

_K고, 1학년

한의사라는 직업 전반에 대한 내용을 질문했지? 다음 사례 역시 한의사를 대상으로 인터뷰를 했어. 이 학생은 한동안 설사로 고생한 기억이 있어 설사를 자신의 책쓰기 주제로 정했어.

1. 설사란 의학적으로 무엇입니까?

2. 설사의 원인은 어떤 것들이 있습니까?

3. 요즘 애들이 설사를 하는 대표적인 원인이 무엇이라고 생각합니까?

4. 그럼 그 병을 치료하기 위한 방법은 무엇입니까?

5. 옛날 사람들은 배가 아플 때 어떻게 했습니까?

6. 장은 체질과 어떤 상관관계가 있습니까?

7. 장에 좋은 음식과 약초가 무엇이고 어떻게 복용해야 합니까?

8. 배가 갑자기 아플 때 할 수 있는 간단한 치료법으로 어떤 것
   이 있을까요?

9. 장에 가장 중요하다고 생각하는 게 무엇입니까?

10. 선생님은 배가 아플 때 어떻게 하십니까?

_K고, 2학년

어느 질문이 더 좋은가 하는 평가는 의미 없겠지? 다 자신이 궁금한 것을 질문한 것이니까 말이야. 다만 인터넷이나 다른 곳에서 충분히 답을 얻을 수 있는 질문보다는 그 사람 입을 통하지 않으면 들을 수 없는 질문을 준비하길 바랄게.

(3) 인터뷰하기

▪ 준비물 : 카메라, 메모지
▪ 에티켓 : 약속 시간 엄수, 단정한 차림새, 열심히 배우겠다는
   마음과 감사의 마음, 상큼한 미소와 리액션이 필요하다.

인터뷰를 할 때는 미리 준비한 문항을 중심으로 묻되, 추가 질문은 그때그때 상황을 보면서 질문하면 돼. 미리 예고하지 않은 질문을 할 때는 상대의 동의를 구하는 것이 예의야.

인터뷰하면서 메모를 하고 가능하면 녹음을 해. 녹음을 해야 현장에서 놓친 내용들을 확인할 수가 있어. 물론 녹음할 때는 상대의 동의를 꼭 얻어야 한다는 건 알지? 대화를 하다가 놓친 부분은

다시 정확하게 확인하도록 해. 한 번 웃고, "죄송합니다. 잘 못 들었어요. 다시 한 번 말씀해 주시겠어요?" 하는 거지. 대충 넘겼다가 돌아와서 다시 질문하려고 하면 어휴, 너무 힘들어.

마지막으로 인터뷰 장면 사진으로 남기기. '인증샷'이지. 역사적인 만남이니까 환하게 웃으며 찍어.

(4) 감사 인사 보내기
▪ 인사 : 사진, 감사 인사, 인터뷰 내용 정리한 것을 보낸다.

다녀와서는 감사의 메일이나 전화를 꼭 해. 좋은 가르침을 주셨음을 진심으로 감사드리고, 이메일로 사진과 정리한 인터뷰 내용을 함께 보내 드린다면 아주 좋아하시겠지?

(5) 책쓰기에 인터뷰 내용 넣기
▪ 정리 : 준비 과정 → 인터뷰 내용 → 소감, 사진과 글을 예쁘게 편집한다.

인터뷰 준비와 진행, 소감 모두가 책쓰기의 좋은 자료야. 군이 책쓰기에 넣지 않는다고 해도 인터뷰는 너에게 많은 도움이 되었을 거야. 이왕 책쓰기에 넣는다면 무엇을 넣을지, 어떻게 구성하고 편집할지도 꼼꼼히 생각해 봐. 네가 느낀 설렘, 뿌듯함, 감사의 마음을 솔직하게 쓰고, 대화체를 살리고 사진을 넣어 주면 아주 좋지.

3-2
지도를 보여 줄게
-목차 만들기

쑥. 도서실 컴퓨터 앞에 앉아 화면을 바라보며 흐뭇한 미소를 짓는다. 간만에 보는 쑥이의 여유로운 모습에 묘샘이 다가가 말을 건넨다.

묘샘 (다가가 컴퓨터 화면을 보며) 쑥, 뭐가 그렇게 좋아? 아, 목차 만들었구나. 근데 이게 뭐야. 그냥 큰 숫자밖에 없네? 아직 덜 쓴 거야?

쑥 (거만한 미소를 지으며) 어때요 샘? 매력적이죠?

묘샘 매력이라······.

쑥 이 정도는 돼 줘야 사람들이 관심을 가질 거 같아요. 보세요. 뭔가 있어 보이잖아요. 아, 과연 이 안에는 무슨 내용이 들었을까? 하고 궁금증이 막 일어나죠?

묘샘 궁금해. 목차를 이렇게 쓴 사람의 정신 구조가 궁금해.

쑥   샘, 별로예요? 전 진짜 멋진 창의적인 목차라 생각하는데
　　요.

묘샘   난 별로! 너 처음 보는 남자애가 너 보고 지 맘이 어떤
　　지 알아보라고 하면 기분이 어떨 거 같아?

쑥   헐! 제가 쓴 목차가 그 정도는 아니죠.

묘샘   (쑥을 바라보며) 아무 정보도 주지 않는 책을 너는 읽어
　　보고 싶냐? 시간 낭비일지도 모르는데? 유명한 작가면 믿
　　고 보는 것이라도 있겠지만. 목차는 자기 글에 대한 안내
　　지도야. 책에서 다루는 것에 대해 기본 정보를 흘려 주는
　　거지. 그것도 아주 매력적으로 말이야. 목차가 맘에 들어
　　야 내용도 보고 싶어지거든.

쑥   (단호하게) 그래도 전 이렇게 번호만 적고 놔둘 거예요.

묘샘   목차는 소제목도 중요하지만 페이지도 중요한 정보야.
　　'이 내용을 보려면 바로 이 페이지로 가시오' 하고 안내하
　　고, '이 내용은 분량이 많으니 작정하고 보시오' 이런 정보
　　도 있지. 그런 작지만 섬세한 배려가 독자가 책을 가까이
　　할 수 있게 하는 힘 아니겠어?

쑥   으, 안 되는데……. 그럼 제 이 멋진 아이디어를 버려야 한
　　다는 건가요?

묘샘   혼자 고민해 보셔!

한 번 보면 끝까지 읽게 만드는 목차

책의 흐름을 한눈에 보여 주는 것을 목차라고 해. 차례라고도 말하지. 추진 계획서를 쓸 때 간략하게 목차를 적어 봤지? 아마 그때보다 자료 수집 과정을 통해 목차도 훨씬 구체적이고 세밀하게 바뀌었을 거야.

그런데 학생 저자들은 목차는 별로 중요하게 생각하지 않는 경향이 있어. 자기는 내용 다 안다 이거지. 과연 독자 입장에서도 그럴지 입장을 바꾸어 생각해 볼까? 혹시 책 표지에 끌렸다가 목차가 너무 뻔해 그냥 내려놓은 책은 없었니? 목차가 마음에 들어 그 자리에서 본문을 읽기 시작한 책은? 분명 있었을 거야. 목차를 함부로 여기면 안 되는 거 느껴져?

다음 목차를 한번 볼까?

아프리카의 이상한 추장
욕심쟁이 시골 아이
의자 도둑
똥장군을 짊어지고
공부벌레 대학생
옥수수가 좋아 눈물 흘린 청년
옥수수 올림픽 금메달
조국으로 돌아가자

실패하면 제가 감옥 가겠습니다

일요일에도 옥수수는 자란다

아프리카 옥수수의 아버지

남북을 잇는 사랑의 옥수수 씨앗

_조호상, 《아프리카의 옥수수 추장》

옥수수로 뭔가 큰일을 한 사람 같은데 누구일까? 목차만으로도 궁금증이 일어나지 않니? 목차는 이처럼 본문 내용을 설핏 보여 주되, 독자들의 호기심을 끄는 게 있어야 해. 또 목차 자체가 하나의 이야기처럼 느껴지게 구성하는 것도 좋지.

너무 막연하면 안 돼!

다음은 학생이 쓴 책의 목차야. 어때? 무슨 내용이 나올지 감이 잡히니? 이 목차처럼 너무 막연하고 무뚝뚝하면 독자를 끌어당기기에는 좀 부족하다고 봐야겠지?

세계 속의 한국, 듣도 보도 못한 한국

머리말

1. 세계 속의 대한민국

2. 첫 번째 오류

3. 두 번째 오류

4. 세 번째 오류

5. 그 밖의 오류들

6. 인터뷰

7. 전하는 말

_K고 1학년

제대로 줄을 지켜 줘

다음은 대한민국의 몇 가지 문제점을 살펴보고 대안을 제시한 사회 비평서의 목차야. 원래 목차와 바뀐 목차의 차이를 알겠니? 바뀌기 전 목차에는 큰 범위의 단어와 그 아래 단어들이 섞여 있어. 어때? 바뀐 목차는 글의 체계가 한눈에 들어오고 훨씬 깔끔하지 않니?

우리들의 대한민국

원래 목차	바꾼 목차
1. 對한민국	1. 對한민국
2. 교육	2. 우리나라의 몇 가지 문제
3. 통일	1) 교육
4. 관광산업	2) 통일
5. 문제점	3) 관광산업
6. 알아야 할 것들	3. 대책 방안
	〈부록〉 용어 풀이

목차에도 액세서리를 달자

다음 예를 볼까? 《고등학생이 꼭 알아야 하는 미국 대통령 10인 STORY》라는 책이야. 이 책의 목차는 너무 밋밋한 것 같아. 그래서 자신이 소개하려는 대통령의 특성을 한두 단어로 꾸며 넣기로 했어. 35대 대통령으로만 소개되던 대통령을 '영원한 청춘 브랜드'로 장식을 달아 주니 훨씬 매력 있는 목차로 변신했지.

고등학생이 꼭 알아야 하는 미국 대통령 10인 STORY

3. 35대 대통령 존 F. 케네디 ·················· 39
⇩
3. 영원한 청춘 브랜드 - 35대 대통령 존 F. 케네디

_K고 2학년

시각성을 살리자

이 목차는 축구를 좋아하는 남학생이 만들었어. 'football'이란 단어를 세로쓰기하여 축구의 특성과 열정을 여러 색깔로 표현한 개성 있는 목차야.

WHAT IS FOOTBALL?

_K고 1학년

격식 있는 글에서는 목차도 격식대로

경찰을 꿈꾸는 학생이 쓴 목차야. 뚜렷한 개성은 없지만 경찰과 관련된 웬만한 내용은 다 나올 거 같아.

세상 앞에 나를 말하다

1. 내 꿈의 변천 과정
2. 경찰, 몸으로 체험하기
   - 내가 겪은 일
   - 경찰서에서의 봉사활동 후기
3. 경찰이란?
   - 경찰 파헤치기

- 직업의 특성

- 작업 환경

- 교육 훈련 및 자격

- 고용 현황

- 임금

- 직업 전망

4. 실생활 속 경찰

5. 경찰과의 인터뷰

6. 맺음말

- 나의 각오

- 참고했던 문헌들

_K고 1학년

격식 하면 논문을 따를 게 없지. 논문을 쓰려는 학생은 논문 고유의 목차 구성이 있다는 것을 미리 알고 책쓰기를 하는 게 좋을 거야. 목차를 바꾼다는 말은 내용을 다 바꾸어야 한다는 말과 같으니까 말이야.

지금까지 몇 가지 목차 구성의 예와 유의할 점을 정리해 보았어. 하지만 이건 아주 기본적인 예시일 뿐이야. 나만의 개성이 독자의 호기심을 만나 불꽃으로 피어나려면 다른 책들을 많이 찾아봐야 해. 어디엔가 네 맘에 드는 목차 구성이 있을 거야. 아니면 여태 한 번도 없었던 새로운 목차를 만들어 보는 건 어때?

3-3

탄탄하게, 흥미 있게
-이야기 그물 짜기

쑥. 컴퓨터에 코를 박고 무언가를 열심히 쓰고 있다. 긴 머리는 질끈 묶었다. 묘샘. 조용히 나타나 쑥의 원고를 읽는다. 타자 소리가 경쾌하다.

묘샘 (모니터를 보며) 김치를 꺼내 도마 위에 놓는다. 이때 옆으로 넓적하게 놓아야 세로로…….

쑥 아, 아직 제대로 된 글이 아니에요. 보지 마세요.

묘샘 와! 멋있다.

쑥 흐흐.

묘샘 근데 쑥아……, 너 그 이야기의 다음 장면, 그 다음 장면, 그리고 마지막 장면까지 계획은 세워 놨어?

쑥 (모니터에서 눈을 떼지 않은 채) 당연히 아니죠. 그걸 지금 어떻게 다 생각해요? 쓰다 보면 생각이 바뀌기도 하는데.

그래도 목차 다 적어 놨으니까 괜찮아요.

묘샘 그렇긴 하지만…… 세세한 이야기 전개를 미리 생각해
　　놓고 쓰다 보면 생각지도 못한 방향으로 간다니까. 그러면
　　앞에 쓴 거 다 버려야 해. 일명 '갈아엎기'의 비극이 시작
　　되지.

쑥 하지만 지금 그런 거 할 시간도 없고 귀찮아요. 당장 멋진
　　아이디어가 생각이 났단 말이에요. 이걸 놓치면 나중에 너
　　무 아깝잖아요.

묘샘 맞아, 아이디어는 바로 잡아야지. 문제는 초고를 쓰려고
　　덤비는 것보다 전체 틀을 단단히 잡는 것을 우선시해야
　　한다는 거야. 이야기 그물을 만들어 두면 네 책이 아주 촘
　　촘해질 수 있지.

쑥 그물요? 이야기로 뭐 한다구요?

묘샘 전에 잡은 목차에 좀 더 세밀하게 옷을 입히는 것이지.
　　촘촘한 그물로 말이야.

쑥 그럼 훨씬 더 세밀하게 계획을 세우라는 거예요? 여기서
　　더?

묘샘 응. 초고는 이야기 그물이 세밀하게 나온 다음에 쓰는
　　거야.

쑥 (한숨을 쉬고 쓰던 손을 멈추며) 잘 쓰고 있었는데 샘 때문
　　에 흐름 다 끊겼어요. 컵라면이나 사와야겠다. (후다닥 나

간다)

묘샘 (장난기 어린 목소리로) 내 것도!

삽질과 패대기를 피하려면

대구의 근대 골목 2코스로 여행을 가 볼까? 동대구역에서 동산
청라 언덕을 찾아가 3·1만세길의 계단을 내려가 계산 성당을 지나
한의학 박물관을 거쳐 진골목에서 끝! 이렇게 말하면 듣고 따라갈
수 있겠니? 아마 따라가기 쉽지 않을 거야. 그럼 아래의 지도를 들
고 다시 여행을 시작해 볼까?

출처_대구광역시 중구 문화관광 홈페이지

어때? 지도를 보면 네가 갈 길이 더 정확하게 보이지? 그냥 머
릿속 생각만으로 들어가면 골목 사이에서 길을 잃기도 하고, 여기
가 어딘가 하고 멍 때리기도 할 거야. 지도를 들고 있어도 가끔 여
기가 어디지? 하는 생각에 잠시 머뭇거리기도 할 거야. 하지만 지
도가 있으면 지금 너의 위치를 파악하고 가야 할 곳을 확인하고는

다시 길을 찾아 떠날 수 있어.

목차는 지도와 같아. 물론 다른 점도 있어. 지도는 누군가가 이미 여러 번 시행착오를 거쳐 가장 정확한 길을 표시한 것이지만 우리의 목차는 아직 아무도 가지 않은 길을 대략 점찍어 놓은 것일 뿐이지. 그래서 초고를 쓰기 전에 목차를 더욱 세밀하게 만드는 과정이 필요한 거야.

초고를 쓰다 보면 정해 놓은 주제를 뒤엎고 다시 줍고 하는 '삽질과 패대기'를 여러 번 경험하게 될 거야. 그런데 이런 과정 없이 한 번에 책을 완성한 작가는 단 한 명도 없어. 이런 과정은 책쓰기에서 자연스러운 일이지만, 실제 이런 경험들 때문에 힘이 들어서 책쓰기를 포기하려는 학생들도 있어.

이 과정을 건너뛸 수는 없지만 대신 삽질을 줄일 수 있는 방법은 있어. 바로 이야기 그물을 촘촘하게 짜는 거야. 전문 용어로 스토리보드storyboard라고도 불러. 스토리보드는 대략적으로 세워 놓았던 아이디어와 콘셉트를 발전시켜 한 장면 한 장면 세부 묘사를 해 놓는 것을 말해. 영화나 애니메이션을 만들 때 장면 수십 개를 미리 스케치하여 전체적 흐름을 한눈에 볼 수 있게 하는 것처럼 말이야. 이 책에서는 스토리보드 대신 '이야기 그물'이란 단어로 바꿔서 사용할게.

이야기 그물은 목차보다는 좀 더 자세하게, 큰길 사이사이에 작은 길을 그려 낸다고 보면 돼. 이야기 장면이나 심리, 배경과 소품들, 유의할 점 등 각 단계별로 챙겨야 할 것들을 상세하게 적는 거야.

스토리 보드

S.C	PICTURE	ACT	DIALOGUE	TIME
1			• 아빠의 병실로 향하고 있는 나 • 11월의 나	
2			• 병실에 들어가지 못하고 겁을 먹은 나	
3			• 두려움을 이기지 못하고 집으로 도망치는 나	
4			• 학교도 가지 않고 집에서 숨어지낸 2주	
5			• 극심한 악몽과 환청에 시달리는 나	

NO. 1

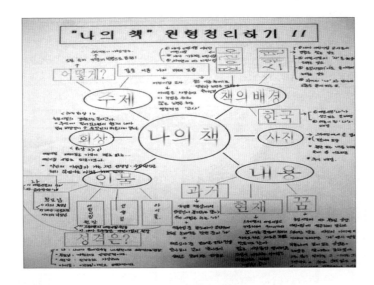

이야기 그물은 책의 종류에 따라 쓰는 방법이 달라. 먼저 비문학적인 글을 볼까? 비문학적인 글은 설명문이나 논설문 같은 것으로 생각하면 돼. 이 경우에는 목차를 좀 더 세밀하게 적거나 원형정리로 보여 주는 것이 좋아.

이건 어떠니? 자신이 쓸 책에 대해 필요한 요소들을 원형으로 정리한 거야. 내용과 인물, 주제, 배경, 사진 등의 항목으로 필요한 것을 모두 적어 놓았지, 이런 과정이 있어야 초고 쓰기에서 글의 흐름을 잃지 않고 쓸 수 있어.

갈등의 전개 과정을 보여 주는 이야기 그물

이번에는 스토리가 있는 이야기 그물로 들어가 볼까? 소설이 대표적이야. 학생들이 쓴 소설을 보면 사건들과의 인과관계가 부족한 경우가 많아. '왜 그 사건이 일어났지?', '그 사람이 그렇게 행동할 수밖에 없는 이유는 무엇이지?' 이렇게 깊이 생각하지 않으니 앞뒤 말이 안 맞거나 갑자기 주인공이 암에 걸려 죽고, 교통사고로 기억상실증에 걸리는 막장 드라마가 되는 거야. 누구라도 탄탄한 이야기 그물을 만들지 않으면 '나 홀로 스릴', '나 홀로 판타지'가 될 가능성이 높아져.

다음 쪽에 나오는 표는 학생이 정리한 소설의 이야기 그물이야. 5단계 구성으로 칸을 나누어 그곳에 들어갈 내용을 꼼꼼하게 적어 본 거야.

이렇게 적어 보면 앞뒤 사건의 연결이 한눈에 보이고, 인물들의 캐릭터가 일관성을 가지게 돼. 이 과정을 몇 번 반복하다 보면 점점 이야기가 탄탄해지지.

단계	발단	전개	위기	절정	결말
스토리	MT로 남녀가 만나 연인이 됨	점을 보고 계약 커플이 됨 (할머니의 주의)	헤어질 위기 친구 도움으로 해결	공포스러운 사건 발생, 희귀한 물건으로 저주 풀림	연인들 죽음, 비밀이 드러남
플롯	거울 속에서 이상한 목소리가 들림, 여주인공 공포에 빠짐	점집 할머니를 다시 찾아감, 희귀한 물건을 찾았으나 잃어버림	남녀가 자꾸 다투게 됨, 의문을 풀면서 다른 커플들의 의문사들을 알게 됨	물건을 찾아 저주를 풀었으나 커플은 최대의 공포에 빠짐	커플이 죽고 신문에 그들에 대한 기사가 남
시간 전개	현재 상황	현재와 과거가 여러 번 교차함	과거의 일들을 듣게 됨	현재, 과거 회상	현재
표현 기법	전지적 작가 시점, 여주인공의 내면을 잘 드러냄	궁금증을 유발하도록 대화에서는 생략을 많이 넣음	공포심이 올라가도록 분위기 묘사를 잘함	경찰이 수사하면서 점차 사건이 좁혀짐	감정을 최대한 드러내지 않고 기사처럼 씀

다음은 자서전적 수필을 쓴 학생의 이야기 그물이야.

이 학생은 이야기 그물 표에 사건 전개 과정, 의미 있는 소재, 인물의 정서 및 심리, 시간 전개 방법 등의 부수적 요소를 함께 적었어. 이 정도면 큰 얼개가 만들어진 셈인데 가능하면 여러 번 고쳐 가며 탄탄하게 만들어야 해.

이야기 그물을 만드는 가장 큰 이유는 책의 완성도를 높이기 위해서야. 초고 작성할 때 시행착오도 줄일 수 있고, 중간에 책쓰기

전하고자 하는 핵심 내용은?	모순된 감정을 깨닫는데 거쳐야만 했던 어두웠 던 시간들과 그 시간들에 대한 의미	주제에서 빗겨 나가지 않도록 글을 잘 조정해 야겠다
글의 형식은?	'나'의 시점을 중심으로 과거와 더 이전 과거의 회상이 번갈아 서술되는 형식	회상하는 부분은 구분 기호를 넣어야지

중심 소재
및
사건 순서
구성하기
(이야기 그물)
	1. 아빠의 병실로 향하고 있는 1월의 나
	   [회상]_아빠의 소식을 들었던 날
	2. 병실에 들어가지 못하고 겁을 먹은 나
	   [회상]_같은 병으로 돌아가신 할아버지, 그리
	   고 죄책감
	3. 두려움을 이기지 못하고 집으로 도망치는 나
	4. 학교도 병원도 가지 않고 집에서 숨어 지낸 2
	   주. 나날이 철저히 혼자가 되어 가며 가족과
	   도 대화를 하지 않는 나
	5. 극심한 악몽과 환청에 시달리는 나
	6. 불현듯 앨범을 뒤지다 내 두려움의 원인을 찾
	   고 감정의 괴리를 인정하게 된 나
	7. 조금은 덜 정리된 감정이지만 아빠를 피하지
	   않기로 결심하고 병원으로 향하는 나
		→ 김이 서린 창가
		
		→ 문손잡이
		
		→ 동굴, 무저갱
		→ 시체, 안면 마비
		
		→ 아빠의 사진
		
		→ 손

고민되는 사항	너무 감정적이면 안 될 텐데	2주간의 내·외적인 변 화에 중점을 두고 서술

를 포기할 가능성도 줄여 줘. 절대 놓칠 수 없는 과정이겠지?

친구에게 설명해 보기

이야기 그물을 만들었으면 친구들에게 직접 말로 해 보자. 수다
처럼 해도 좋고 발표 형식을 갖추어서 하는 것도 좋아. 다른 사람
에게 설명을 해 보면 막연했던 부분에서는 설명이 잘 안 돼. 그럼
'아, 이 부분을 내가 대충 정리하고 넘어갔구나' 하고 알 수 있어.

그리고 친구가 내가 발견하지 못한 문제를 말해 주니까 일석이조가 되지.

친한 친구 서너 명에게 같은 이야기를 해 보고 공통적으로 문제 제기를 받은 부분은 보완을 하는 것이 좋아. 다시 피눈물이 나겠지만 말이야. 이런 과정을 거쳐 네 책은 진짜 멋진 책이 될 거야.

3-4

네 잘못이 아니야
-글쓰기에 대한 두려움 없애기

쑥 샘, 이야기 그물까지 만들어도 첫 문장 쓰기가 너무 힘들어요.

묘샘 맞아, 글쓰기는 누구나 힘들어.

쑥 머릿속에 생각은 있는데 왜 이렇게 글로 끄집어내기가 어렵죠? 전 바보인가 봐요.

묘샘 네 잘못이 아니야. 우리가 몸으로 경험하는 것이랑 언어로 표현하는 방식이 달라서 그래. 몸은 동시에 온몸이 동원되지만 글은 한 줄 한 줄 적어야 하니까 잘 안 되는 거지.

쑥 휴…… 그런가. 저만 그런 게 아니면 다행이네요.

묘샘 글쓰기가 어려운 이유는 너무 잘 쓰려고 해서 그래.

쑥 에이, 저는 잘 쓰는 것까지는 바라지도 않아요. 그냥 막 쓸 수만 있어도 좋겠어요.

묘샘 그렇게 그냥 막 쓰는 것도 자신이 쓴 글이 좋은 글이라는 생각을 하고 있어야 가능해. 다른 사람들의 평가에 너무 매달리지 말아야 한다는 거지.

쑥 그래도 독자가 읽는데 아무렇게나 쓸 수는 없잖아요.

묘샘 아무렇게나 쓰라는 말은 아니고, 그냥 네가 평상시 말하듯이 쓰면 좋은 글이라는 거야.

쑥 용기를 주시려고 해서 고맙긴 한데요. 휴…… 제가 봐도 제 글이 형편없이 느껴지는데 그런 자신감은 잘 안 나네요.

묘샘 용기를 주려고 한 말이 아니라 사실이 그래. 네가 쓴 글이 소중한 이유는 너만의 이야기가 들어 있기 때문이야.

쑥 그럼 제가 쓰고 싶은 대로 그냥 쓰면 되는 거죠? 나중에 딴말하기 없기에요.

묘샘 딴말 안 할게. 약속.

글 쓰는 것은 어려워. 왜 그럴까? 네가 글 쓰는 재주가 없어서인가? 결론부터 말하면 네 잘못이 아니야. 글쓰기가 힘든 이유를 세 가지로 설명해 볼게.

첫째, 사람마다 보는 세계가 다르다

우리가 보는 세상은 세상의 전부일까? 아닐 거야. 우리는 세상의 전부를 다 볼 수가 없어. 앞에서도 말했지만 사람들은 자신이 보고 싶은 것만 봐. 같은 시간 같은 장소에서 같은 영화를 봐도 서로 본 것이 달라. 이처럼 서로 본 것이 다르다 보니 '네가 맞니, 내가 맞니' 하고 우기기도 하는 거지.

글을 쓸 때도 마찬가지야. 네가 글을 써 놓으면 사람들이 자기가 본 것이랑 다르다고 자꾸 태클을 걸지. 그러다 보니 글 쓰면서 자기가 맞나 자꾸 걱정이 되는 거야.

"제가 본 것이 전부도 아니고, 정말 제대로 봤는지도 자신이 없어요. 그래서 글로 쓰기가 두려워요."

물론 넓은 시야를 가지고 글을 쓰는 것이 좋겠지. 하지만 걱정하지 마. 네가 보고 경험한 것 또한 세계의 한 모습이니까. '나는 내가 본 세상으로 책쓰기 한다'는 자신감을 가져!

둘째, 언어로 표현하기가 어렵다

글쓰기가 어려운 이유는 언어라는 녀석이 가지는 특성 때문이야. 예를 들어 볼게. 시원한 바람이 불어오는 강변에서 저녁노을을 보며 네가 따스한 코코아 우유를 마시고 있다고 상상해 봐. 당장 해 내야 하는 숙제도 없고, 공부를 해야 한다는 압박감도 없어. 그냥 평온한 상태야, 느껴지니? 이 장면을 글로 써 볼까?

　바람이 불어 머리카락이 얼굴을 간지럽힙니다. 멀리 하늘은 온통 붉게 타오릅니다. 강물은 붉은 듯 은빛으로 굼실거리는 몸을 뒤척이며 울렁울렁하는 소리를 내며 흘러갑니다. 향긋한 코코아 한 잔을 들고 있으니 기분이 마냥 날아오를 것 같습니다.

써 놓은 글이 마음에 드니? 이것저것을 모아 적었지만 눈앞에 펼쳐진 모든 풍경과 마음속에 느껴지는 모든 감정을 표현하기는 부족해. 몇 번 고쳐 적어도 만족스럽지가 않아. 왜 그럴까?

우리 몸은 동시에 온몸으로 체험을 하는데 비해, 언어는 동시에 모든 것을 한꺼번에 적어 낼 수가 없어. 본 것 다음에 냄새 맡은 것, 그 다음에 느낀 것 이렇게 한 줄 한 줄 써야 해. 게다가 그 상황에 가장 적합한 단어를 골라 적어야 하니 얼마나 글쓰기가 힘들 겠니? 써 봐도 맘에 안 차지. 이것이 언어의 한계야. 그 한계 때문에 누구나 글쓰기가 힘든 거야.

셋째, 좋은 글에 대한 기준이 다르다

글쓰기가 어려운 세 번째 이유는 좋은 글에 대한 오해 때문이 야. 대다수 사람들은 자신이 글을 잘 못 쓴다고 생각해. 왜냐고? 잘 쓴 글을 너무 많이 봤거든. 그런데 여기서 우리는 '좋은 글은 과 연 어떤 것일까?'라는 근본적인 질문을 해야 해.

학생들에게 좋은 글이 어떤 것이냐고 물어보면 이렇게 대답해.

재미있는 글
읽기 쉬운 글
감동을 주는 글

주제가 명확한 글

문장이 깔끔하고 전달이 잘 되는 글

누군가에게 보탬이 되는 글

남들과는 다른 창의적인 글

여운을 주고 실생활에 보탬이 되는 글

지은이의 생각이 잘 나타난 글

일관성을 갖춘 글

올바른 사회 인식을 할 수 있도록 세계관이 제대로 된 글

문맥이 자연스럽고 문법에 잘 맞는 글

위의 조건이 다 충족된 글

눈치챘니? 글쓰기가 힘든 이유를. 저 많은 기준을 다 맞추려면 전문 작가라도 쉽지 않겠지? 여자 연예인들 사진에서 제일 예쁜 눈, 코, 입, 턱 선을 하나씩 따로 모아 놓고 '왜 너는 이 사람보다 안 예쁘니?' 하고 다그치는 것과 같은 거야. 길다 짧다는 평가는 기준이 무엇이냐에 따라 달라져. 마찬가지로 좋은 글에 대한 다양한 기준들은 그냥 기준일 뿐이야. 사람마다 다른 기준점을 가지고 하는 이야기에 일일이 괴로워하지 마. 그럼 어떻게 하라는 건지 궁금하지? 살짝 생각을 달리하면 답이 보여.

네가 쓴 글이 좋은 글이야

강아지 똥은 소중한가? 모기는 아름다운가?

웃기는 질문이지? 강아지 똥이나 모기를 소중하고 아름답다는 기준으로 평가하면 답은 사람마다 다를 거야. 그럼 강아지 똥이나 모기는 왜 존재할까? 답은 '필요하니까'야.

세상에 이미 많은 책이 있는데 왜 내 책이 존재해야 할까? 지금까지 없었으니까. 내가 있어야 세상이 드디어 완성이 되니까. 그럼 이제 네가 쓴 글로 생각을 옮겨 봐. 너와 똑같은 글을 쓰는 사람이 또 있을까? 당연히 없지. 그렇다면 네 글은 세상에서 유일한 글이고 가장 아름다운 글이고 가장 좋은 글이겠네.

네 글은 그것이 어떤 내용이든 소중하고 아름다워. 너의 생각, 너의 느낌이 살아 있는 것이라면 그것은 그 자체로 좋은 글이 되는 거야.

네가 쓴 글은 다 좋은 글이야

위로하는 말이 아냐. 사실이 그렇기 때문에 하는 말이야. 네가 '내가 쓴 글이 소중하고 가장 가치 있는 글'이라는 생각을 스스로 할 수 있어야만 글쓰기의 두려움을 없앨 수 있어. 한 줄로 쓰든, 한 권으로 쓰든.

남의 말을 흉내 내는 글, 남의 글을 몰래 복사한 글, 남의 기준에 맞게 꾸민 글들은 좋은 글이 아니야. 가짜야. 너 말고 다른 사람도 쓸 수 있는 책을 네가 왜 쓰니? 너는 너인데. 너만의 책을 쓸 건데. 그렇지?

3-5
끝내주는 글쓰기
-초고 완성하기

쑥 선생님, 첫 문장을 썼어요.

묘샘 그래? 한번 들려줄 수 있니?

쑥 (조금 쑥스러운 듯) 흠, 읽어 볼게요. '요리는 누구나 할 수 있다.'

묘샘 (박수를 친다) 좋아.

쑥 (머리를 긁적이며) 헤헤. 진짜요?

묘샘 쑥의 모습도 좋고 첫 문장도 좋아, 쑥은 초고 쓰기를 아주 잘할 거 같아. 너 전에 쓰고 싶어서 난리였었잖아. (쑥 흉내를 내며) '으아, 샘 말 걸지 마요. 막 떠올라요.' 큭.

쑥 놀리지 마요. (다소곳해지며) 근데요. 사실 아까부터 이 부분이 전혀 진도가 안 나가고 있어요. 요리를 우리 아빠와 싸운 거랑 연결해서 적으려는데요, 영 자연스럽게 이어지지가 않아요.

묘샘 그래?

쑥 예전부터 아빠 이야기만 나오면 머리가 흐리멍덩해지는 것 같아요. 안개가 낀 거 같아요.

묘샘 블랙홀이군. 쑥아, 샘도 글을 쓰다 보면 유난히 진도가 안 나가는 부분이 있더라. 아마 대부분 그런 경험을 하게 될 거야. 그럴 때는 말이지.

쑥 (중간에 말을 끊으며) 그냥 넘어가라. 맞죠??

묘샘 (한 손을 들어 하이파이브를 하며) 멋져, 왜 그렇게 생각 했지?

쑥 안 되는 거 붙잡고 있으면 해결 되나요? 괜히 짜증만 많이 나죠. 안 되는 건 그냥 넘어가야 해요. 그러다 보면 어느새 해결이 되기도 하고 그래도 안 되면 그 부분을 빼 버리죠 뭐!

묘샘 좋은 자세로군. 맞아, 구절구절 다 맞아. 그렇게 하면 돼.

쑥 헤헤.

묘샘 초고를 쓸 때는 그냥 막 쓰면 돼. 잘 쓰려고 멋 부리지도 말고 그냥 떠오르는 것들을 쏟아내면 돼. 다 쓰는 게 제일 중요해.

쑥 전에도 그런 말씀 하셨어요. 다듬는 것은 초고 완성 이후 에 하라.

묘샘 (웃으며) 아주 좋아.

엉덩이를 붙이고

글쓰기에 대한 부담감이 좀 줄었니? 아니라고? 물론 쉽게 싹 없어지진 않겠지? 그럼 더 적극적인 처방을 내놓을게. 글쓰기에 대한 두려움을 없애는 가장 좋은 방법은 글을 쓰는 거야. 소설가 김연수는 《소설가의 일》에서 어떻게 하면 소설을 쓸 수 있냐는 질문에 "소설을 쓰기 위해서는 먼저 소설을 쓰면 된다"고 말했어.

책쓰기는 결국 무언가를 쓰는 과정이야. 아무리 기획을 하고 구상을 하고 캐릭터를 만들고, 인터뷰를 해도 결국 한 글자 한 글자 쓰는 과정이 없이는 책이 나오지 않아. 이제 컴퓨터 자판 앞에 엉덩이를 붙이고 앉을 시간이야. "책은 엉덩이다!" 소리 질러!

일단 써 봐, 생각하지 말고!

초고를 쓸 때 꼭 기억해야 할 것. 제일 중요한 것. 그게 무엇일까? 바로 '끝내는 것'이야. 자신이 쓰려고 했던 내용이 좀 바뀌더라도 끝을 내는 거야. 그게 제일 중요해.

"비비디 바비디 부."

신데렐라에 나오는 마법 주문처럼 아래의 원칙을 읽고 따라해 봐. 쓰기에 대한 부담감을 줄여 줄 거야.

일단 쓴다. 생각 안 하고 쓴다.

첫 문장을 썼으면 바로 다음 문장을 쓴다.

잘 모르거나 확실하지 않은 것은 비워 두고 계속 쓴다.

쓰고 싶은 것부터 먼저 쓴다.

맞춤법, 띄어쓰기, 문맥은 신경 쓰지 말고 쓴다.

끝장을 낸다.

지금 당장 첫 문장을 쓴다.

초고를 쓸 때 우리는 막가파여야 해. 그냥 막 쓰는 거지. '이상하지 않나?' 의심하지 말고 '문맥이 꼬인 거 같은데?' 질문하지 마. 앞뒤 말이 안 맞고 문장 호응이 어색해도 막 쓰고, 맞춤법, 띄어쓰기는 무시하고, 오로지 머릿속에서 떠오르는 내용을 쏟아내듯이 후루룩 적어 나가는 거야.

하지만 어느 한 장면에서 생각이 이어지지 않아 자판에 손을 대고 있어도 한 글자도 못 쓰고, 깜빡이는 커서가 뚜껑 열리게 할지도 몰라. 무언가 막혀 나오지 않을 때, 생각날 듯 말 듯 하면서 진도가 나가지 않을 때, 그때도 그냥 멈추면 안 돼. '아, 내가 지금 뭐하고 있지, 짬뽕이 먹고 싶다. 짬뽕은 무슨 색?' 등의 헛소리를 계속 적으면서 자판을 이어 가는 것이 좋아. 말도 안 되고 내용과도 연계가 안 되는 것 같아도 그냥 적어. 절대 엉덩이를 떼면 안 돼. 그러다 보면 어느 한순간 막힌 물길이 터지듯 생각이 터져 흐르는 것을 경험하게 될 거야.

이 방법을 써도 그저 막막하기만 할 때는 그냥 패스!

쓸 수 있는 부분, 혹은 쓰고 싶은 부분을 써 나가면 돼. 물론 내용이 섞이겠지. 하지만 초고는 이렇게 쓰든 저렇게 쓰든 헛소리투성이고 오류투성이야. 기죽지 말고 떠오르는 것 먼저 적어. 유명 작가들은 두세 개의 작품을 동시에 써 나간대. 쓰다가 진도가 안 나가면 다른 내용의 작품을 쓰면서 새로운 영감을 얻는다나. 우리도 이처럼 막히는 부분이 있으면 넘겨서 다른 장면을 쓰기 시작하면 되는 거야.

'Delete'나 'Backspace'는 절대 안 돼!

초고 쓰기 단계에서 절대 가까이해서는 안 되는 게 있어. 무엇일까? 친구? 간식? 밤샘? 아냐. 바로 지우개야. 지우개라고 하니 의외지? 지우개는 틀린 글자를 지우고 어색한 문장을 지우면서 우리의 떠오르는 느낌과 생각마저도 지워 버려. 좀 더 완벽한 글을 쓰고 싶은 우리의 욕심 때문에 한 번 지우게 되면 진도가 안 나가고 자꾸 지우게 돼. 컴퓨터로 작업하는 우리에게 지우개는 바로 'Delete'나 'Backspace'야. 어떤 애들은 한 문장을 달랑 적어 놓고, 그것을 여러 번 고치는 경우가 있는데 그러다가는 문 밖을 못 나가. 걷든, 뛰든, 히치하이크를 하든 일단 달려야 해. 여행은 계속 나아가야 여행이지.

한 페이지 가득 적어 놓고 다른 생각이 나서 새로 쓰고 싶을 때 있지? 가끔 냉혈 인간들은 여태껏 쓴 글을 싹! 지우기도 하는데, 그러지 마. 틀린 것, 말이 안 되는 것, 엉터리 같은 것, 횡설수설한 것들도 지우지 말고 그냥 놔둬. 지금은 맘에 안 드는 엉터리 같은 문구가 어느 순간 다시 필요할 때가 있고, 바보 같은 생각이 멋진 아이디어로 바뀌기도 하거든. 지우는 거, 그건 마지막에 한 방이면 끝나. 지금은 무조건 한 줄이라도 더 살리는 게 급해.

목표는 오로지 끝내기

초고 쓰기의 목표는 오로지 끝내기야. 묵묵히 써 나가는 사람만이 알게 되는 끝내기, 엉덩이에 쥐가 나고, 손목이 아파 오도록 자판을 두들겨 본 사람만이 맛보는 끝내기! 하지만 초고를 완성하기 위해 건너야 할 고개들이 몇 개 있어. '떡 하나 주면 안 잡아먹지' 하고 겁주는 호랑이가 기다리고 있어.

네가 이 그림의 어느 단계쯤에 머물러 있다면 기운 내. 너만 그런 게 아니야. 괜히 책쓰기를 했나 싶지? 그래도 힘내. 네가 원하는 길로 아주 잘 가고 있으니까. 그냥 쭉쭉 나가는 거야.

초고를 완성하기 위해서는 마감일을 정해 놓고 써야 해. 천지개벽을 해도 이날까지는 초고를 완성한다. 마지노선을 정해 놓아야 해. 초고 쓰기는 책쓰기라는 마라톤의 가장 중요한 지점이야.

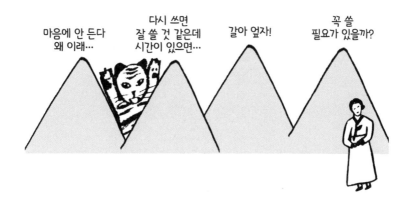

오로지 목표는 완주. 다음 구절을 큰 소리로 읽어 봐.

세상을 깜짝 놀라게 할 작품이 아니다.
그냥 완성만 하면 된다.

초고 쓰기가 너무 힘들면 스스로에게 물어봐.
"이봐, 너무 잘 쓰려고 욕심내는 거 아냐?"
그리고 이렇게 말해 줘.
"잘하고 있어. 끝까지 가 보자."

3-6
현장감 있게, 재미있게
-소통과 공감의 표현 기법

쑥. 옆에 책을 가득 쌓아 두고 번갈아 가며 보며 긴 한숨을 내쉰다.

묘샘 (가방에서 빵을 꺼내며) 쑥, 간식 먹을까?

쑥 샘, 뇌가 간지러운 경험 있으세요?

묘샘 (바라본다.)

쑥 아, 있잖아요? 무언가 좋은 표현이 떠오를 듯 말 듯한 그런
　　느낌. 정말 딱 맞는 표현이 있는데…….

묘샘 그럴 때 강제 연결을 시켜.

쑥 무얼 강제로 연결해요?

묘샘 네가 말하고자 하는 것을 전혀 엉뚱한 사물과 연결해 보
　　는 것이지. 네가 쓰고 싶은 내용이 뭐야?

쑥 요리에 대해 저만의 정의를 내리고 싶거든요. 요리란 뭐뭐

다. 여기에 무얼 넣을지 아까부터 고민이에요.

묘샘 요리는 선풍기다. 어때?

쑥 네? 그게 뭐에요?

묘샘 아니 나처럼 이것저것 연결해 보라는 것이지. 그러다 보면 의외로 멋진 표현이 나와. 먼저 주변에 있는 사물들을 연결해 봐.

쑥 요리는 (주위를 둘러본다) 책이다. 요리는 쓰레기통이다. 요리는 창문이다. 요리는 형광등이다. 요리는 의자다. 아, 맘에 드는 게 없어요.

묘샘 그렇게 자꾸 연결해 보면 멋진 표현이 나올 거야. 이전과는 다른 눈으로 보면 표현도 신선해져.

쑥 요리는 도마다. 요리는 예술이다. 요리는 위생 장갑이다. 어, 이거 어때요?

묘샘 오, 점점 좋아져. 곧 멋진 비유가 나올 거 같아. (박수)

설명하지 말고 느낌을 줘

책쓰기에 탁월한 문장력이 필요한 건 아니지만 그래도 네 생각이나 감정을 잘 표현할 수 있다면 좋겠지? 책을 쓰는 이유가 누군가에게 보여 주기 위해서만은 아니지만 내 이야기를 누군가가 읽고 함께 성장할 수 있다면 좋은 거잖아. '쓴다'는 말은 그 안에 '읽다'를 감추고 있는 거 같아. 결국은 소통하고 공감하기 위해 쓰고 읽어. 이번에는 생생하고 재미있는 표현에 대해 알아보려고 해.

그때 나는 마음이 너무 아팠다.
그때 날카로운 면도날이 심장 깊숙이 들어왔다.

두 표현의 차이점이 보이니? 하나는 '마음 아프다'라는 단어로 심정을 직접 설명하고 있고, 다른 하나는 심리 상태를 상황으로 묘사하고 있어. 어떤 게 맘에 들어? 그냥 '아프다'고 하면 아픔의 정도가 잘 느껴지지 않아. 그런데 '날카로운 면도날이 심장 깊숙이 들어왔다'는 표현은 머리가 아닌 몸으로, 감각으로 느껴져. 예전에 마음 아파 본 사람들은 그 아픔에 금방 공감이 되는 거지.

감정을 표현할 때는 '행복하다, 우울하다, 즐겁다'처럼 직접 감정 형용사를 사용하는 것보다는 그 감정을 불러일으킨 상황이나 처지를 보여 주거나 감정의 상태를 무언가에 빗대어 표현하는 것이 좋아. 독자에게는 강력한 상상 능력이 있으니까 말이야.

바람이 솔솔 불어오는 늦가을
엄마가 학교에 도착했다
호출을 받은 나는
두려운 맘을 가득 안은 채
시간이 멈추길 빌며
천천히 교무실로 내려갔다
엄마의 손엔 비타 500이 한 박스 들려 있다
엄마의 입은 미소를 지으며 죄송하단 말을 하고 있다
불을 냈다. 내가 학교에 불을 냈다
그래서 엄마가 이렇게 학교에 오게 됐다
나에겐 언제나 커 보였던 우리 엄마가
나 때문에 이렇게 작아져
연신 죄송하단 말만 반복하시며 이내 고개를 숙이신다
집으로 돌아가는 길 아무 말 없는
힘없는 엄마의 뒷모습
그림자가 길어진다
나는 아무 말 없이 그저 그 뒷모습을 따라 걷는다

_김성민(고2), 〈뒷모습〉

이 시는 감정을 드러내는 단어를 거의 사용하지 않고 다만 일어
난 장면을 영화처럼 담담하게 보여 주고 있어. '슬프다, 미안하다'는
말도 하지 않았지. 오히려 그런 단어가 없어서 너도 이 학생의 감

정을 그대로 느낄 수 있지 않니? '나처럼 느껴 봐!' 하고 소리 지르는 것보다 '내 처지라면 너는 어떻겠니?'라고 하는 것이 더 쉽게 공감을 일으키는 것 같아.

낯설게 보기 - 강제 연결법

이게

뭐라고

이리

힘들까

_하상욱

제목이 뭐일 거 같니? 책쓰기인가? 큭. 제목은 〈메뉴 선택〉이야. 제목을 보니 아하! 싶지? 참 뻔한데 기발해.

너도 이런 참신한 표현을 해 보고 싶지? 아주 간단한 방법이 있어. 강제 연결법! 강제 연결법은 말 그대로 아무 연관이 없는 두 단어를 강제로 연결해 보는 거야. 낯설게 보는 거지. 낯설게 본다는 것은 선입견을 벗어나는 것이고, 고정관념을 깨는 것이야. 알 깨기에서도 느꼈겠지만 깨지는 것은 새로운 탄생을 의미해. 강제 연결법은 세상을 보는 새로운 눈을 만들어 줄 거야. 물론 자신을 보는 눈도 달라지겠지. 아래 빈 칸에 한 단어씩을 넣어 봐. 미리 관계를 생각하지 말고, 강제로 연결한 뒤에 설명할 이유를 생각해야 해.

(A)는 (B)이다. 왜냐하면 ○○○이기 때문이다.

A 사랑, 학교, 마음, 불안, 아버지, 엄마 등
B 녹차, 연필, 지우개, 손가락, 바람, 쓰레기통, 똥 등

○ 불안은 손가락이다.
왜냐하면 마음이 불안하면 나도 모르게 손가락으로 책상을 두들기기 때문이다.

친구들이랑 서로 하나씩 만들기 게임을 해 봐. 어떻게든 강제 연결한 관계를 설명할 수 있는 사람이 이기겠지? 그러다 보면 생각지도 못한 멋진 문구가 만들어지고, 놀라운 인과를 발견하게 될 거야.

강제 연결법으로 만든 참신한 표현은 글 속에 넣어도 좋지만 소제목이나 목차, 혹은 사진의 제목으로 사용해도 멋있어. 샘이 한번 만들어 볼게. "인생은 햄버거다." 왜일까? 일일이 작가가 해석할 필요는 없겠지. 독자가 해석하도록 놔둬도 돼.

따옴표(" ")로 말해 봐

대화 장면을 따옴표로 표현하면 어떤 효과가 있을까? 먼저 독자 자신도 말하는 장면 속에 있는 것 같은 생생한 느낌이 들겠지. 이 야기 속 인물의 심리도 잘 알 수 있고, 무엇보다 분량이 휘리릭 늘 어난다는 장점이 있지. 이 점이 아주 맘에 들지 않니? 아래 글을 비교해 봐.

검은색은 요즘 나의 복잡한 마음을 표현하는 색깔이다.
불안하고 알 수 없는 마음이 꼭 검은색 같다.

초고에는 이렇게 짧게 자신의 심정을 쓴 학생이 대화체로 다시 고쳐 썼어.

#1.
은경은 아빠를 기다리는데 자꾸 엇갈려서 짜증이 나고 있었 다. 그래서 혼자 울고 있다. 지하상가에서 만나기로 해서 내려갔 는데 그 아저씨랑 또 마주쳤다. 그 아저씨가 뚜벅뚜벅 다가와서 말을 걸었다.

아저씨 (은경의 팔을 잡으면서) 왜 울어요?
은경 그냥 신경 쓰지 말고 가 주시면 안 돼요?

아저씨 (실실 웃으면서) 싫은데요, 안 갈 거예요.

은경 (울면서) 아 그냥 가 주세요. 좀.

아저씨 (기분 나쁜 음흉한 미소를 지으며) 싫어…….

_이은경(고2), 〈동감〉

자신이 경험한 상황을 시나리오처럼 썼지? 늦은 저녁, 차가 끊어져 아빠를 기다리는데 음흉한 아저씨가 와서 자꾸 말을 거는 상황이 잘 나타나 있어. 정말 무섭고 화났겠지? 이런 대화식의 표현은 다양하게 응용하여 사용할 수 있어. 너도 한번 해 봐.

입말을 그대로 적어 봐

이번에는 문체에 대해 살펴볼게. 네가 배우는 대다수 글은 어른들이 쓴 것이고, 표준어이고, 맞춤법에 맞는 모범적인 글일 거야. 그러다 보니 너희도 그렇게 글을 써야 한다는 부담감을 가지고 있을 거야.

하지만 글은 그 사람이 사용하는 말을 그대로 적을 때 쓰기가 편해. 표준어나 순화어가 아니라고 글에 쓸 수 없는 건 아니야. 실제 삶을 보여 주는 말도 그 자체로 가치가 있어. 그래서 평상시 네가 많이 쓰는 또래어나 사투리로 글을 써도 돼. 필요한 상황이면 비속어도 사용할 수 있어.

참담한 축구

우리 체육대회 축구 진짜 참담했다. 함 들어 봐라. 나는 족구보다가 축구 보러 갔는데 2대 0으로 지고 있다카데, 드리블 당해서 먹히고 중거리로 먹혔다고 지고 있다 카는기라. 캐서 보고 있는데 4반에서 다 뚫고 들어가더니 오른쪽 윙 주고 크로스 올리대? 헤딩을 다이빙하듯이 해서 넣었는데 와… 진짜 장난 아니데 물개인 줄 알았다니까.

근데 그 물개가 중거리 쏘는데 우리 반 골키퍼가 잡는데 와… 진짜 온몸으로 막는데 겁나 아프겠더라. ㅋㅋ 그러다가 프리킥을 받고 슛 쏘는데 골대 맞고 텅겨져 나오드라. 그거 보고 진짜 졸라 아까웠다니까. 그거 골키퍼가 잡고 장거리 패스하더니 그 물개가 받고 그대로 넣는데… 진짜 그 물개 혼자 다 해 묵더라. 결국 물개의 원맨쇼 보고 6대 0으로 참담하게 졌다. 근데… 우리 반도 더럽게 못하더라.

_박주헌(고2), 〈체육대회〉

혹시 읽기조차 힘들지 않았니? 무슨 얘긴지 파악은 됐니? 대구에 사는 고등학생이 입말 그대로 쓴 산문시야. 약간의 비속어도 들어 있고, 맞춤법은 하나도 신경 쓰지 않고 막 쓴 것인데 어때? 네 생각엔 이 글을 꼭 표준어로 바꾸어야 할 거 같니?

문장은 짧고 간결하게

글을 쓸 때 문장 길이도 독자에게 영향을 줘. 너무 긴 문장은 글이 한눈에 안 들어와서 앞뒤 말이 잘 안 맞는 경우가 많아. 물론 의도적으로 아주 긴 문장 쓰기를 고집하는 작가도 있지만 가능하면 중간중간 끊어 주고 줄을 바꿔 주면 읽기가 참 편해. 아래 글은 중학생이 쓴 초고야. 제법 긴 글인데 마침표가 한 개밖에 없어.

그러곤 엄마에게 달려가 그 전까지 있었던 일을 설명하고선, 동의해 줄 거지?라는 눈빛으로 간만에 안 하던 애교까지 부리며 설득하자 네 맘대로 하라며 별 신경을 안 쓰더니, 내심 궁금하긴 했는지 그래서, 무슨 악기 할라고 그라노?라며 툭 던지는 말로 내게 물어보는 엄마에게 당당하게 "첼로!"라고 나는 대답했고, 그 애 엄마는 내게 비웃듯이 말했다.

다음은 따옴표를 넣고, 문장을 잘라 줄바꿈을 한 거야. 위 글과 비교해 봐.

그러곤 엄마에게 달려가 그 전까지 있었던 일을 설명했다.
"동의해 줄 거지?"
간절한 눈빛으로 엄마를 바라보며 간만에 안 하던 애교까지 부리는데도 엄마는 별 신경을 안 쓰는 듯 말했다.

"네 맘대로 해라."

그래도 내심 궁금하긴 했는지

"그래서, 무슨 악기 할라고 그라노?"하고 툭 던진다.

나는 당당하게 "첼로!"라고 대답했다. 그때 그 애 엄마는 내게 비웃듯이 말했다.

어때? 읽기가 훨씬 편하지? 문장의 길이는 글의 성격이나 글쓴이의 취향에 따라 달라지지만 대체로 긴 문장보다는 짧은 문장이 읽기도 쉽고, 이해도 잘 돼. 너도 가능하면 짧게, 간결하게 적는 연습을 했으면 좋겠어.

지금까지 초고 쓸 때 참고하면 좋은 몇 가지 표현법을 살펴봤는데, 어때? 적용하기 어렵겠다고? 그래도 괜찮아. 글은 항상 자기 방식으로 써야 잘 써져. 개성도 거기서 나오지. 하지만 어느 순간 좀더 생생하게, 좀 더 소통하는 글을 쓰고 싶은 마음이 들면 여기에 제시한 방법들을 시도해 봐.

책쓰기 = 매체 쓰기

글 한 편 쓰기도 어려운데 책을 한 권 쓰려니 힘든 점이 많죠? 글쓰기 앞에서 주눅 들어 있지는 않나요? 하지만 걱정 말아요. 책쓰기는 글쓰기가 아닙니다.

책을 한번 떠올려 볼까요? 세상에는 글자가 없는 책도 많습니다. 제일 먼저 떠오르는 것은 무엇인가요? 사진집, 그림책, 판화집이 있네요. 한때 두 눈을 코끝으로 모아야만 보이는 '매직 아이'가 인기를 끌었습니다. 그 책은 입체성을 가미한 색다른 그림책이었습니다. 요즘 인기 있는 '컬러링북'도 글자가 없습니다.

악보도 있네요. 가사 없는 연주곡들은 음표로 된 책이라 할 수 있지요. 수학책도 마찬가지지요? 수학 문제 풀이집에는 한글은 거의 없고 숫자와 기호로 이루어져 있으니까요. 만화, 애니메이션, 포토 에세이는 활자와 그림, 사진이 함께 어우러져 있습니다. 운동이나 요리, 취미나 기술을 설명하는 책들도 대부분 사진과 글자가 함께 들어 있습니다.

역사 부도나 지도책도 있네요. 이런 책에는 주로 지도만 가득하지요. 회사에서 사용하는 대차대조표나 주부들이 작성하

피아노 악보집

컬러링북

는 가계부도 책입니다. 통계 자료집에는 온갖 종류의 통계들이 모여 있고, 전화번호부에는 전화번호만 가득하지요. 점자책은 어떤가요? 눈이 보이지 않는 사람들이 손으로 읽을 수 있도록 만든 점자책도 책의 한 종류가 됩니다.

아하, 책은 여러 매체로 다양하게 표현할 수 있구나!

우리는 일반적으로 책은 '흰 종이 위의 까만 글자'라는 이미지로 생각해 왔습니다. 하지만 종이 대신 양피지에 적는 경우도 있지요. 영화 속 해적들은 주로 양피지에 보물이 있는 곳을 표시해 두던데요. 양피지는 특정한 조건에서만 글자를 보여 주기 때문에 보물 숨기기에는 아주 좋습니다. 우리도 그런 비밀 책을 만들어 보는 것은 어떨까요? 특수 안경을 써야만 보이는 책 같은 것 말이에요.

종이가 발명되기 전에는 글자를 나무에 적었습니다. 죽간은 대나무 줄기로 만든 조각으로 만든 책입니다. 대나무 조각의 위 아래를 마치 대발 엮듯이 끈으로 잇달아 엮어 만들어 둘둘 말아서 보관하였지요. 책冊이 라는 한자 모양이 바로 그 모

죽간

양을 상형해서 만든 것입니다. 나뭇조각에 쓰는 활자는 주로 붓으로 썼는데 먹이나 염료, 금가루 등 다양한 재료가 사용되었습니다.

요즘은 어떤가요? 여전히 종이책이 큰 활약을 하지만 정보통신 기술의 발달로 디지털 전자 매체도 점점 중요해지고 있습니다. 출판사에서도 새 책을 낼 때 종이책과 전자책 두 가지 형태로 판매합니다. 전자책은 책의 이미지를 띠고 있지만 실제로는 손으로 쥐어지는 종이가 아닙니다. 일종의 파일 자료일 뿐이죠.《해리포터》에 나오는, 사람들이 움직이는 신문은 오늘날의 인터넷 동영상과 같은 것이겠지요.

그렇다면 음악 시디나 영화도 한 권의 책이라 볼 수 있지 않을까요? 종이가 아닌 다른 매체를 사용하고 있다는 것만 인정하면 책이라는 역할을 하고 있잖아요. 이런 관점에서 보면 학생들이 만든 'UCC'는 동영상 매체를 활용한 책쓰기라 할 수 있습니다.

아하, 책이라고 하는 고정된 실체가 있는 것이 아니구나!

종이책이 사라질 거란 말을 합니다. 엉뚱한 말은 아닌 것 같습니다. 그렇다고 세상에서 책이 사라질까요? 그렇지 않겠죠? 책은 여전히 살아 있습니다. 죽간에서 종이로, 종이에서 파일로, 다만 자신을 담는 매체가 바뀌고 있을 뿐입니다.

이제 책쓰기가 글쓰기가 아니라는 말을 이해하겠지요? 책쓰기는 자신이 가장 자신 있는 매체를 사용하여 쉽게 쉽게 만들어야 재미있습니다. 결과적으로는 그것이 개성과 독특함을 만들어 줍니다. 지금껏 생각하지 못한 새로운 매체를 상상해도 됩니다. 새로운 장르를 만들 기회는 오히려 여러분들에게 있습니다.

4장
S라인으로 책을 완성합니다

1. 깎아내고 덧붙이고!
-퇴고하기

2. 얼굴이 제일 중요해
-제목, 표지 및 목차 디자인

3. 고칠수록 예뻐!
-편집하기

4. 당당하게 나를 알리자
-저자 소개, 서문 및 후기 쓰기

5. 내 책이 나왔습니다
-제본하기

4-1

깎아내고 덧붙이고!
-퇴고하기

쑥 샘! 학생 저자 책들을 너무 쉽게 봤나 봐요. 초고를 겨우
쓰긴 썼지만 도무지 마음에 들지도 않고. 맞춤법도 엉망이
고······. 학생 저자들 진짜 대단한 것 같아요.

묘샘 쑥 걱정하지 마. 그 친구들 초고도 너랑 별반 다르지 않
았어. 초고는 다 그래.

쑥 에이. 그럴 리가요? 저랑은 분명 달랐을 거예요······.

묘샘 아! 그렇지. 확실히 다른 게 있긴 있네!

쑥 뭔데요?

묘샘 쑥이 원고는 현재 퇴고 전이고, 그 친구들의 원고는 퇴고
의 과정을 수없이 거쳐 나온 책이라는 거지. 너 톨스토이
아니?

쑥 어······ 이름은 들어봤는데······.

묘샘 그 사람의 책을 읽어 보지 않은 쑥이도 이름을 알 정도

로 톨스토이는 유명한 작가지! 근데 세계의 최고 작가라
불리는 톨스토이는 퇴고를 가장 많이 한 작가로도 유명해.
한 작품을 6년에 걸쳐 퇴고하기도 하고 인쇄소에서 기계가
돌아가는 그 순간에도 기계를 멈춰 놓고 원고를 고친 일화
도 있어.

쑥이 뜨앗! 정말요? 어떻게 그렇게 고쳐요? 거짓말!

묘샘 진짜야. 많은 작품이 그렇게 수많은 퇴고의 과정을 거쳐
서 새롭게 태어나는 거야. 많이 고치는 게 무조건 좋은 건
아니지만 그만큼 자신의 글에 대한 애정이 있다는 거지.
책쓰기 과정의 절반이 퇴고하기 과정이라고 해도 될 걸?

쑥 아 퇴고를 그렇게 많이 해요? 와…… 완전 뜯어 고쳐야겠
다.

묘샘 (쑥이 얼굴에 연필을 들이밀며) 일단 어디부터 어떻게 고
쳐야 할지 견적부터 한번 잡아 보도록 하자.

쑥 헉! 제 얼굴만큼이나 견적이 많이 나오면 전 초고를 다 버
려야 할지도 몰라요. 흑흑!

묘샘 쓰다가 고치고, 고치고 또 쓰고, 그러다 다 버려도 돼. 이
렇게 쓰고, 버리고를 반복하면서 자기만의 색을 지닌 책이
되어 가는 거란다. 그럼 새로 태어날 작품을 향해 지금부
터 또 달려 볼까?

초고 완성

드디어 초고가 완성되었다고? 정말 축하해. 초고를 쓰는 동안 많이 힘들었지? '주제를 다시 잡아야 하나? 좀 더 멋진 표현은 없나? 에라이! 짜증나는데 책쓰기 그만할까?' 하는 생각에 절망의 늪으로 몇 번 빠졌을 거야. 하지만 이 과정은 글을 쓰는 사람이면 모두 다 겪는 과정이란 거 샘이 몇 번 이야기했지? 이제 책쓰기의 큰 관문 하나를 통과한 네 스스로에게도 격려의 말을 해 줘.

"난 정말 대단해!"

하지만 초고를 쳐다보면 맞춤법도 신경 쓰이고 누군가에게 보여 주기가 꺼려지지? 그 마음 충분히 이해해. 그래도 초고가 없으면 네 책은 태어날 수가 없어. 초고는 글의 완성도나 수준을 떠나서 한 편의 글을 끝까지 써 봤다는 거, 이야기의 그물에 맞춰서 주제를 담아서 표현해 봤다는 데 큰 의미가 있어.

초고草稿는 글자 그대로 '거친 풀처럼 쓴 원고'라는 뜻이야. 아름다운 정원을 위해서는 정원에 무성한 잡초는 없애야 하고, 길게 자란 풀들은 자르고, 듬성한 부분은 다시 꽃을 심어야 하듯 너의 초고도 몇 번의 정리 과정을 통해 다듬어야만 해. 이렇게 글을 다듬는 과정을 '퇴고'라고 하는데, 아무리 유명한 작가라 하더라고 초고 그대로를 출판할 수는 없어. 그만큼 초고는 손 좀 봐 줘야 하는 상태라는 말이겠지?

변신 카드 '퇴고하기'

퇴고하기! 참 어려운 단어인 것 같지? 그래서 퇴고라는 말 대신 '고쳐 쓰기'나 '글 다듬기'라는 용어를 많이 사용해. 초고는 네 책의 첫 라인이라 생각하면 돼. 뭉뚝하고 두리뭉실한 라인을 세밀하게 다듬어서 멋진 에스 라인으로 만드는 과정이 퇴고라 할 수 있지. 필요 없는 군더더기는 빼고 뼈대만 있고 살이 없는 부분들을 예쁘게 덧붙이는 거야.

전체 퇴고에서 세부 퇴고까지

퇴고하기는 전체 수준에서 세부 수준으로 진행하는 것이 좋아. 글 쓰는 과정을 집 짓는 과정에 비유해 보면 전체 수준에서 퇴고하기는 뼈대와 살이 설계도에 맞게 되었는지? 부족한 건 없는지? 떼서 버려야 할 부분은 어딘지에 관해서 살펴보는 것과 같아.

1. 주제에서 벗어나는 내용은 없는가?
2. 어디서 본 듯한 내용은 아닌가?
3. 삭제해야 할 내용은 없는가?
4. 추가해야 할 내용은 없는가?
5. 믿을 만한 자료를 활용하였는가?

6. 자료의 출처를 제시하였는가?

전체 수준의 퇴고하기 점검을 위한 질문이야. 네 원고를 놓고 항목별로 점검하면서 자기 퇴고를 해 봐.

이렇게 큰 틀과 뼈대 중심으로 내용을 살펴본 뒤에는 이제 문장 하나하나를 살펴봐야 할 시간이야. 여기서도 땀 좀 뺄 거야. 먼저 세부 수준의 퇴고하기를 할 때 고려할 사항을 살펴볼게. 이 모든 것을 혼자 점검하려니 겁나지? 걱정 마. 방법이 다 있어. 샘을 믿고 따라와.

1. 주어와 서술어의 호응이 맞는가?
2. 시간 표현과 높임 표현이 적절한가?
3. 맞춤법에 맞지 않는 단어는 없는가?
4. 상황을 잘 표현하는 어휘를 활용하였는가?
5. 의미가 중복되는 문장은 없는가?

자기 퇴고에서 예비 독자 퇴고까지

퇴고하기는 퇴고의 주체에 따라 '자기 퇴고'와 '예비 독자 퇴고'로 나누어 볼 수 있어. 그럼 하나씩 살펴보도록 할게.

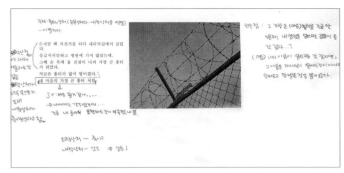

자기 퇴고 1차

운 음식만을 고집해서 먹을 것이다. 반면에 열을 식히기 위해 차가운 음식을 먹는 사람들도 있을 것이다. 이 음식에는 팥빙수, 음료수, 아이스크림 등이 있다. 대구에 오면 여기는 꼭 가 봐야 하는 곳들도 있다! 애들의 조사에 따르면 첫 번째, 서문시장 칼국수와 남자 만두 번째, 안지랑 곱창 세 번째, 무침회 골목 내 번째, 평화시장 통집 다섯 번째, 북성로 우동과불고기 여섯 번째, 달팽 등등이 있다. 지금부터 본격적으로 이 집 여행을 떠나 볼 것이다. 첫 번째 여행지는 서문시장이다. 서문시장에 가면 명물 칼국수 있고, 서문시장에 가면 남자 만 두 일단 제일 처음 말한 칼국수를 탐방 하러 고고고 서문시장에 들어가면 국수 골목이 있을 것이다. 국수 골목이란? 한 7개 정도 되는 미니 포장마차가 따닥따닥 양쪽에는 각기 다른 가게들이 있고 그 중간에, 나란히 나란히 장사를 하신다. 이제 서문시장 의 명물 칼국수를 먹어 보도록 하겠습니다. 밑에 나오는 두 번째 사진이 서문시장 칼국수 다. 칼국수는 한 그릇에 3000원 정도이다. 그리고 여기에는 칼국수만 있는 것이 아니다. 칼 국수, 수제비, 칼제비 등 여러 종류의 국수 들이 있다. 많은 사람들이 항상 고민을 한다. 칼 국수를 먹을까? 수제비를 먹을까? 그 고민을 없애주기 위해 재빨리 생긴 것이 이제 우리는 더 이 칼국수를 하나하나 쭉쭉 탐구 해 볼 것이다. 눈으로 볼 때 는 진짜 나도 모르게 눈이 번 짝반짝 거리고 손은 먹을 준비가 되 있다는 듯이 첫가락을 꼭 쥐고 있게 하는 그런 음식

자기 퇴고 2차

자기 퇴고

'자기 퇴고'는 말 그대로 자기 스스로 글을 퇴고하는 거야. 주제가 효과적으로 드러났는지, 맞춤법이나 표현법은 정확한지 자기가 점검하는 과정이지.

자기 퇴고의 처음은 글 전체 수준을 점검하는 거야. 건축물의 설계 도면을 보듯이 이야기 그물이나 글 개요도에 맞게 글이 전개되었는지를 점검하는 거지. 맞춤법이나 표현이 잘 되었는지를 검토

하는 것은 그 후에 할 일이야.

일단 네가 계획한 글의 방향과 맞지 않는 부분이 있다면 그 부분을 고쳐 쓰고, 심지어는 글을 완전히 새로 써야 되는 경우도 있어. 가끔은 퇴고한 부분이 전혀 다른 방향으로 틀어져서 퇴고한 부분을 다시 퇴고해야 하는 경우도 있어. 그렇게 퇴고에 퇴고를 거듭하게 되지. 상상만 해도 걱정되지 않니?

이런 경우를 막기 위해서 네가 항상 들여다봐야 하는 게 있어. 뭘까? 그렇지. 이야기 그물 짜기표와 글 개요도야! 이 둘을 앞에 펼쳐 놓고 글 전체를 퇴고해야 해. 그리고 개요도를 수정해야 할 경우도 생기는데 그때는 개요도를 재작성하면서 함께 고쳐 나가야 해. 글을 쓰고 고치는 과정이 얼마나 꼼꼼한 작업인지 알게 될 거야. 그래도 기억해. 그렇게 점검하고 고칠수록 네 글이 예뻐져.

초고 쓰기 때 신경 쓰지 말라고 했던 맞춤법, 이제는 신경 써야 할 때가 왔어. 맞춤법 퇴고는 걱정 마. 간단한 방법이 있어. 사전을 들고 일일이 찾아서 고칠 수도 있겠지만 인터넷 맞춤법 검사기를 활용하면 잘못된 문장이나 단어들을 빠르게 고칠 수 있어.

여기서 맞춤법 퇴고에 관한 팁을 하나 줄게. 포털 사이트 블로그의 글쓰기 게시판을 이용하는 거야. 길이가 짧은(500자 정도) 경우에는 인터넷 맞춤법 검사기를 사용하면 되지만, 글이 긴 경우에는 몇 번씩 나눠서 검사를 해야 하는 번거로움이 있어. 반면 포털 사이트의 게시판은 꽤 많은 문장을 한꺼번에 점검할 수 있어. 포털 사이트 아이디가 있으면 일단 네 블로그에 입장하고, 게시판을 클

릭하여 원고 일부분을 붙여 넣은 뒤 오른쪽 위쪽에 있는 맞춤법 검사기를 클릭해 봐. 그럼 요 녀석이 아래와 같이 아주 친절하고 상세하게 네 원고에 빨갛게 지적질을 해 줄 거야. 어때? 지적을 받고도 맘이 좀 편안해졌니? 빨간 밑줄 친 부분들은 수정할 대체어도 알려 줘. 이 부분들만 수정해도 기본적으로 문법에 맞지 않는 문장들은 고쳐 쓸 수 있어.

하지만 우리는 자랑스러운 대한민국의 학생이란 걸 명심해! 우리 말과 글의 올바른 사용법에 대해서는 기본적으로 알고 있는 게 좋겠지? 맞춤법 검사기나 블로그를 활용해서 쉽게 퇴고할 수는 있지만 기본 원리만큼은 알고 있는 것이 작가로서의 자세라고 할 수 있겠지?

블로그를 이용한 맞춤법 검사기

맞춤법의 원리를 정확하게 익히면서 글을 쓰고자 할 때는 '우리 말 배움터'를 활용하면 도움이 많이 될 거야. 단어나 간단한 문장 정도를 확인할 때는 네가 자주 활용하는 스마트폰을 이용하면 되겠지?

자기 퇴고하기의 좋은 팁! 두 번째, 네 글을 소리 내서 한번 읽어 봐. 소리 내어 글을 읽어 보면 눈으로 읽을 때 잘 느끼지 못했던 문장의 리듬을 느낄 수 있어. 그 리듬 속에서 어색한 단어나 비문을 쉽게 찾을 수 있어.

하지만 자기의 잘못은 눈에 쉽게 띄지 않는 법! 자칫 시야가 좁아져 퇴고가 제대로 이루어지지 않을 수도 있지. 그래서 친구들과 작품을 돌려 읽으며 문제점을 찾는 것도 아주 좋은 방법이야. 친구에게 글을 보여 주는 걸 꺼려하는 마음이 이해도 되지만 퇴고를 할 때는 용기를 내야 해. 네 책은 어차피 누군가 읽을 거라는 걸 잊지 마.

예비 독자 퇴고

'예비 독자 퇴고'는 자기 퇴고로 발견하지 못한 문제점을 찾아 주고 객관적인 입장에서 해결할 수 있게 해 줘. 자기 퇴고가 어느 정도 이뤄졌다고 생각할 때 예비 독자 퇴고를 해 보기를 권하지만, 꼭 자기 퇴고를 완료한 후에 해야 되는 건 아니야. 글 수준의 퇴고하기에서 독자의 의견을 담아서 글을 수정하고 싶다면 예비 독자 퇴고부터 한 후 자기 퇴고를 할 수도 있어.

예비 독자 퇴고의 경우, 그럼 누구를 예비 독자로 삼아야 할까? 가장 만만한 예비 독자는 주변 친구들이겠지? 일단 네가 선정한 주제에 대해 평소 관심이 있는 친구를 찾아가 부탁해. 두 번째로 네가 평소 존경하는 선생님, 혹은 마음을 터놓아도 괜찮은 선생님을 찾아가서 네가 글을 쓰는 목적에 대해 말씀드리고 정중하게 부탁드려 봐. 꼭 국어 선생님일 필요는 없어. 선생님과 같은 성인 독자들은 기본적으로 책에 대한 평가를 충분히 해 줄 수 있는 능력은 있으니까 한번 부탁 드려 봐. 아마 널 기특하게 생각하실걸?

민정이의 글을 보고 선생님은 정말 큰 충격에 빠졌단다. 민정이에게 이런 재능이 있었다니! 아니, 글도 아주 멋졌지만 민정이가 진로에 대해 고민하고 자료를 찾아서 글을 썼다는 점이 무척 놀라웠어. 이렇게 진지한 녀석이었구나. 글 전체적으로 강한 인상을 받으면서 읽었단다. 선생님을 첫 독자로 이 글을 보여 줘서 무한 영광이다. 그럼, 첫 독자가 몇 가지만 이야기해 볼까?

네 글에 나오는 주인공 '문호'의 캐릭터가 너무 밋밋한 거 같아. 좀 더 생동감 있는 캐릭터가 되었으면 하는 생각이야. 그리고 디자이너에 대해서 자료 수집을 한 것 같기는 한데 네 글에 나오는 금속 디자인 부분에 대해서 더 많은 자료 수집을 해야 할 것 같아. 그러면 네 글은 정말 많은 독자들에게 사랑 받게 되지 않을까 생각해 본다.

어쨌든, 샘은 네 글을 읽고 큰 감동을 받았어. 샘보다 낫구나. 글이 다 완성되면 꼭 보여 주기다. 책에도 사인해서 줘. 작가 이민정! 샘이 항상 응원할게.

_예비 독자가 한 퇴고 전체 평

여기서 한 가지 더 중요한 이야기! 예비 독자 퇴고를 할 때 주의할 점이 있어. '사공이 많으면 배가 산으로 간다'는 말 들어 봤지? 예비 독자 퇴고를 하다 보면 상대방의 의견에 마음이 팔랑거리게 돼. 처음 글을 쓰고자 한 의도는 잊고 독자의 요구에 맞춰서 자꾸 고치게 되거든. 예비 독자 퇴고를 할 때 그들의 평가는 참고로 하되 모든 요구 사항들을 다 반영할 필요는 없어. 이 책은 '나의 책'이라는 것을 잊지 말아야 해.

여러 번 퇴고 하는 동안 많이 지치고 힘들 거야. 그럴 때 이미 책을 낸 이 친구의 글을 읽어 보렴.

이 글을 쓰면서 제 꿈인 교사에 대해 더 진지하고 깊게 생각하게 되는 계기가 되었습니다. 또한 글을 완성하기까지 저에게는 많은 일이 있었습니다. 다른 친구들이 너나 나나 할 것 없이 초고를 써서 자신만의 글을 자랑스럽게 게시판에 올릴 때 저는 초고 쓰기조차 몇 번이나 거듭되는 실패를 겪었고, 계속되는 실패에 저는 저만의 글을 쓴다는 것에 대해 이미 희망을 잃어 가는 중이었습니다. 그래서 마지막 원고를 올릴 때 '이번에 또 내 글이 킬 된다면 이제 글 쓰는 거 하지 말자'는 생각이 들었습니다. 하지만 책쓰기 동아리에 발을 들이기 전에 저는 나만의 책을 꼭 쓰겠다는 목표가 있었기 때문에 마지막 원고를 올리기 전에 마지막까지 그 글을 몇 번씩이나 또 수정하고 수정했습니다. 이런 저의 노력이 있었기 때문에 지금 여기에 제 글이 쓰인 책이 탄생한 거겠죠?

_최수정(고2)

　이 친구도 여러 실패와 좌절을 겪고 자신의 책을 완성해 냈어. 힘들고 글이 네 마음처럼 잘 안 될 때, 다시 힘내고 마지막까지 책 쓰기 과정을 꼭 완주하기를 바랄게.

이런 방법도 있어!

▶퇴고 점검표 작성

퇴고에서 제일 중요한 것은 처음의 집필 의도대로 내용이 일관되게 제시되고 있는지를 점검하는 것과 독자에게도 그것이 전달되도록 표현되었는지를 점검하는 거야.

글을 쓰다 보면 처음 집필 의도와는 전혀 다르게 주제와는 벗어난 이야기를 하기도 하고, 글 안에서 서로 모순되는 논리를 전개하기도 하지. 퇴고 점검표를 만들어서 꼼꼼하게 항목별로 점검해 보는 게 좋겠지?

항목	세부 항목	작가 의도	독자 반응	자기 점검	퇴고 방향
글 퇴 고	글의 짜임 및 서술 (통일성)				
	글의 전개 순서				
	효과적인 표현 (어구, 문장, 단락)				

4-2
얼굴이 제일 중요해
-제목, 표지 및 목차 디자인

다크서클이 짙게 내린 쑥. 손에는 퇴고를 마친 원고 뭉치가 들려 있다.

쑥   선생님, 일단 원고 완성! 밤새 원고를 고쳐도 피곤하지 않고 또 고치고 싶고 그래요. 저 왜 이러죠?

묘샘   (환하게 웃으며) 와! 우리 쑥, 드디어 작가가 다 됐구나. 퇴고 중독이 그 증거야. 멋져!

쑥   네, 그래서 고민이에요. 이젠 어떻게 하죠? 샘!

묘샘   일단 세상으로 내보내서 불리게 될 네 책의 이름이 있어야겠지? 생각해 둔 제목이 있니?

쑥   아! '쑥이의 요리책'이라고만 그냥 부르고 있어요.

묘샘   그래? 쑥이는 길거리를 지나가다가 간판만 보고도 혹해서 들어가 보고 싶은 집이 없었니?

쑥 아, 있어요! '놀랄 만두' 집이요! 이름이 웃겨서 들어가 봤는데 진짜 맛이 놀라워요.

묘샘 정말 재미있는 이름이네. 간판은 고객들에게 가게를 홍보하는 경쟁적인 전략 중 하나야. 간판을 가만히 보면 가게 이름이 있고, 디자인이 있지? 네 책도 똑같아. 쑥이의 책이 서점에 있는 수많은 책 중에 독자의 손길을 끌기 위한 참신한 제목을 생각해 보자.

쑥 눈에 확 띄게 디자인을 빨간색으로 다 해 버리고, 제목도 요즘 유행어를 써서 '닥치고 읽어!'라고 하죠. 이렇게 하면 정말 누구나 볼 거 같지 않아요?

묘샘 하하하. 정말 한번은 손이 갈 거 같구나. 그런데 무엇보다 네 책에서 말하고자 하는 것을 잘 표현해 내는 것도 중요해. 책 제목이나 표지를 보고 기대하고 책을 봤는데 내용이 전혀 다르면 독자 기분이 어떨까?

쑥 화나겠죠? 속은 것 같고. 아, 이제 알겠어요! 어떤 느낌으로 해야 할지……. 딱! 제 분위기로 만들어 볼게요.

묘샘 그래, 너만의 색을 잘 드러낼 수 있는 책의 얼굴을 그려 보렴. 아, 기대된다. 어떤 책이 나올지…….

책 꼴 갖추기

예쁘면 짱! 요즘은 남자들도 꾸미기를 좋아하는데 그만큼 점점 '비주얼'이 중요해진 거 같아. 물론 속 빈 강정처럼 외모만 중요하다는 것은 아니야. 외모 또한 마음의 표현이기 때문에 이미지가 좋으면 관계도 좋아진다는 말이지.

책쓰기에서도 외모는 중요해. 앞에서 퇴고의 과정을 거쳐 내용을 다듬었다면 이제는 이 내용들을 담을 예쁜 그릇을 준비하는 과정, 즉 책 모양새를 제대로 갖추기 위한 작업을 시작할 거야. 그냥 덜렁 A4 용지에 글을 써서 출력했다고 그게 책이 될 수는 없잖아.

한 번 보고 반하는 책 제목

네 책의 제목을 정할 때 서점을 한번 둘러보렴. 최근에 나온 책의 제목을 살펴볼까? 책 제목도 옷처럼 유행이 있어. 그때그때마다 분위기가 다른 책 제목들이 나타나지. 하지만 여러 사람들의 눈길을 끄는 제목들은 공통된 요소가 있어. 다음 책 제목을 보면서 그게 무엇인지 한번 찾아 봐.

나는 아내와 결혼한 것을 후회한다
화성인 멸치 머리엔 블랙박스가 있다
1000원으로 밥상 차리기
뱃살부터 빼셔야겠습니다
정도전을 위한 변명
축농증 학교
어차피 악플 달릴 이야기
한 덩이의 고기도 루이비통처럼 팔아라
여자 없는 남자들
6시 27분 책 읽어 주는 남자
미움 받을 용기

　강한 인상을 주는 제목이나 네 마음에 드는 제목이 있으면 표시를 하고 어떤 내용을 담고 있을지도 한번 생각해 봐. 너의 시선을 사로잡은 제목들은 어떤 공통점이 있는 것 같아? 네가 평소에 관심 있어 하는 영역이었거나 아주 개성 있는 제목이지? 맞니?

　제목을 정하는 원칙은 크게 둘로 나누어 볼 수 있어. 첫 번째는 제목에는 네가 말하고 싶은 것을 직접적으로 혹은 은밀하게 드러내는 것이 좋아. 이 책이 어떤 영역의 책이며, 어떤 입장에서 쓴 것인지를 대략적이나마 알 수 있게 하는 거지. 두 번째, 독자의 호기심을 불러일으켜야 해. 독자들에게 '우와, 재미있네, 그게 가능해? 과연 그럴까?'라는 의문을 들게 하는 거야. 너무나 당연한 이야기지? 핵심을 찌르면서 확! 당기는 제목, 쉽지는 않겠다. 그렇지?

　네가 지금 읽고 있는 이 책 제목은 어때? 맘에 드니? 이 제목을 정하기 위해 우리가 적어 본 걸 한 번 소개해 볼게.

오만방자한 책쓰기로 살아가기
목숨 건 책쓰기
니 멋대로 해라! 책쓰기!
오방색 책쓰기
책쓰기는 누구나의 삶의 이야기다
오만방자하게 책쓰기로 살다
카톡으로 쓴 책쓰기
오만방자매의 책쓰기 특강
나는 책쓰기에 끌린다
책쓰기에 홀리다
책쓰기를 위한 넓고 깊은 대화
미쳐야 책쓰기다
청소년을 위한 책쓰기 노트
너에게만 주는 비법, 책쓰기
내 책을 쓰고 싶다

처음에는 이렇게 마구 생각나는 대로 제목을 던져 보면서 반복되는 말, 즉 내가 꼭 넣고 싶은 키워드를 찾는 거야. 우리는 '오만방자', '책쓰기' 이 두 단어를 꼭 넣고 싶었어. 왜냐구? 우리는 피로 맺은 의자매고, 책쓰기에 대해서만은 자신감을 넘어 오만함을 지닌 미녀 3인방 샘이거든. 혹시 제목을 보고 '헐!' 하고 생각했니? 그게 전략이지. '얼마나 예쁜 선생님이, 얼마나 오만하게 책쓰기를 이야기하는지 한번 봐야겠어!'라는 그런 마음으로 책을 보게 하겠다는 거지. 그러면서도 책쓰기를 너무너무 사랑하는 샘들의 마음이 담긴 제목이란 생각이 들지 않니? 바로 그거야! 평범하지는 않지만 자신이 말하고자 하는 것을 한눈에 확 드러나게 하는 거.

제목은 하루아침에 툭 정해지지 않는 것이지. 이것저것 많이 시도해 보고 불러 보다 보면 입에 착 붙는 제목이 나와. 그게 독자들의 입에도 착 달라붙었으면 좋겠는데 말이야. 너도 생각날 때마다 주변에 보이는 말이나 문장에 너의 책 제목을 넣어 보고 괜찮다 싶은 것은 꼭 메모해 둬.

학생 저자들이 출판한 책 제목을 몇 개 살펴볼까? 너에게 대박 제목의 힌트를 줄 수도 있을 거야.

《Tell A Vision [텔 : 레비전]》

[텔 : 레비전]이란? 우리 사회의 미디어 매체인 텔레비전. 이와 발음이 유사한 Tell A Vision은 '꿈을 말하다'는 의미를 가지고 있다.

_《Tell A Vision [텔 : 레비전]》중에서

비교할 수 없는, 상상할 수 없는, 구속할 수 없는 《비.상.구》

청소년들의 생각, 꿈, 행동을 가장 잘 나타내고 있는 말인 듯하다. 아니, 오히려 그들의 생각과 꿈, 행동은 종종 결박당하고, 꿈에 대한 상상은 화려한 허구일 뿐이도록 철저한 상대적 비교만이 난무한 이 세상에서 벗어나고자 하는 비상구(EXIT)의 의미가 더 절실했는지도 모른다.

_《비상구》서문 중에서

아홉은 가득 차지 않은 희망의 숫자를 의미
합니다. 열이 여유가 없이 꽉 찬 숫자라면 아홉
은 미래의 꿈과 가능성이 담긴 수라고 생각합
니다. 완벽하지 않지만 가능성 있는 아홉은 좌
충우돌 사춘기 소년들의 특성인 듯합니다.

_《아홉, 그 넘칠 듯 찰랑이는》서문 중에서

책 표지 디자인

책 표지! 이게 얼마나 중요한지는 두말하면 잔소리겠지? 제목만
큼이나 독자들이 책을 선택하는 하나의 기준이 되는 책 꼴이거든.
지금부터 너의 작품을 더욱더 빛내 줄 표지 디자인을 할 거야. 표
지 디자인 실전에 앞서 표지를 구성하고 있는 기본 요소들을 먼저
살펴볼게. 표지하면 앞뒤 표지 정도만 생각하고 있지? 하지만 표지
는 '앞면, 뒷면, 책등, 책날개'로 구성되어 있어. 아래 그림을 한번
살펴봐. 책 겉표지를 하나로 쭉 펼쳤다고 생각하면 될 거야. 이제
이해되지? 책 표지를 디자인할 때는 앞면, 뒷면, 책등을 함께 고려
해야 해. 참고로 책날개는 필요 없다고 생각되면 생략해도 돼.

| 책날개 | 앞면 | 책등 | 뒷면 | 책날개 |

책날개	• 책의 앞뒤 표지 일부를 안으로 접은 부분. • 앞날개에는 주로 저자 소개를 하고, 뒷날개 부분에는 머리말의 일부나 책 속 일부분 혹은 알리고 싶은 내용을 자유롭게 넣을 수 있다. 학생이 표지 디자인을 했다면 앞날개 하단에 표지 디자인을 한 학생의 이름을 넣어도 좋다.
책등	• 책이 접혀진 부분의 뒤쪽. • 직사각형 형태. • 표지 디자인 중, 가장 좁은 면적을 차지하고 있지만, 책이 꽂혀 있을 때 가장 눈에 띄는 부분이다. • 책 제목과, 저자명, 출판사 이름 등을 쓴다. • 본문 분량에 따라 책등의 크기가 달라진다.

표지! 너의 선택은?

　다음 이미지들은 '방황, 낯섦, 추억, 용서' 등 청소년이 겪는 다양한 심리를 사진에 담아 엮어 낸 포토 에세이 표지야. 이 책이 출판되기까지 학생들이 표지를 디자인하고 수정하면서 최종 표지를 만들어 내는 좌충우돌 과정이 잘 보이지? 아주 세세한 부분까지 신경을 쓰면서 표지를 제작했어. 그 만큼 책에서 표지가 가지는 의미가 크기 때문에 표지 제작에 많은 고민을 하게 돼.

표지는 제목에 담겨 있는 '의미, 제목의 글자체(폰트), 책의 내용'까지 고민하면서 표지 전체의 색상, 이미지, 구도를 잡아야 해. 이런 저런 것들을 고민해야 한다고 하니 살짝 겁이 나지? 겁먹을 필요는 없어. 넌 전문 디자이너도 아니고, 표지를 제작할 수 있는 특수 프로그램을 가지고 있지도 않아. 하지만 네 책의 얼굴과 같은 표지를 제작하는데 최소한 고려해야 할 사항들은 알고 있어야 하겠지?

첫 번째 표지

힘들지만 '괜찮아!'라는 긍정적이고 밝은 이미지를 강조하고 싶어. 색감은 초록색 계열로 편안하고 안정된 느낌이면 좋겠어.

또한 '괜찮아!' 제목을 강조할 수 있도록 색깔을 다르게 적용을 해 봐야겠어.

제작 후 전체적으로 너무 밋밋하고 특징이 없어 보여. 희망적인 이미지를 표현하지 못한 것 같아.

두 번째 표지

대한민국 학생 현실에 답답한 학생들의 마음을 담담하게 표지에 표현해 봤으면 좋겠어. 그리고 글자체로 제목을 강조하면 우리가 원하는 느낌을 살릴 수 있을 것 같아. 등굣길 힘없는 학생들, 아파트 현관의 닫힌 문의 이미지로 잘 표현해 볼 수 있겠어.

　제작 후 너무 흐릿하고 답답한 느낌이 들어. 전체적인 구도가 지나치게 중앙에 집중된 형태라서 그래. 무엇보다 아파트 현관의 닫힌 문이 가지는 상징적인 표현 효과보다 생뚱맞다는 느낌이 강해.

　최종 표지

　자문자답의 형식을 시각적으로 표현하고 싶어. 표지를 2단으로 나눠 보면 어떨까? '괜찮아?'에서는 학교와 집에서 느끼는 답답함을 이미지로 표현하고, '괜찮아!'에서는 이와는 다른 밝은 이미지를 대조적으로 표현 하면 좋을 것 같아.

　제작 후 의도한 대로 '괜찮아?'에서는 답답함을 '괜찮아!'에서는 밝은 느낌이 잘 드러나는 것 같아. 많은 색감을 사용하지 않아도 제목과 책의 전체적 느낌을 한눈에 알 수 있는 표지라 생각해.

　표지 디자인을 어떻게 할까? 네가 직접 그림을 그리거나 사진을 찍어서, 원하는 이미지를 만들어 제작하는 방법이 있어. 다음 표지들은 학생들이 직접 만든 표지들이야. 꼭 그림 솜씨가 있어야 예쁜 표지를 만드는 건 아니야. 너의 개성이 묻어나게 표지를 제작하면 되는 거야.

캐리커처를 이용한 표지

직접 찍은 사진을 이용한 표지

친구가 그려 준 모습을 담은 표지

포토샵을 이용한 표지

표지 제작은 어떤 방법을 선택하든 상관없어. 네 책을 돋보이게 하고 네가 좋아하는 느낌의 표지만 제작하면 되니까.

속까지 디자인하다

그럼 속표지도 한번 제작해 볼까? 일반적으로 속표지는 책의 제목과 저자명이 드러나도록 겉표지 안쪽에 붙이는 표지를 말해. 지금 주변에 있는 책의 겉표지를 열고 한번 봐. 어떤 것이 속표지인지 알겠지?

겉표지

속표지

아래 3개의 표지들은 앞에서 제시한 《괜찮아? 괜찮아!》의 속표지야. 겉표지랑은 전혀 느낌이 다르지? 한 권의 책에 여러 명의 저자가 각 장마다 각자의 이야기를 할 때 이렇게 속표지를 사용해서 책을 구분하기도 해.

그리고 저자가 한 명일 때도 각 장마다 색지를 넣어 구분하거나 아래의 예시와 같이 통일성 있는 디자인에 색만 달리해서 표현하기도 해.

속표지 1

속표지 2

속표지 3

목차 디자인하기

보통 책을 디자인할 때 표지 디자인에 가장 신경을 쓰고 삽화도 애써서 만들지만 목차는 글과 쪽수만 잘 전달해 주는 기능으로 끝내는 경우가 많아. 하지만 목차에도 디자인을 기획해서 멋지게 만들 수 있어.

다음은 동아리 친구들끼리 디자인을 기획해서 만든 《꿈의 토핑 한 조각 희망 소스 한 방울》의 목차야. 이 책은 소설 12편과 기행문 1편에 담긴 학생들의 꿈을 '피자' 한 판으로 비유했어. 그래서 목차에는 피자 한 조각을 그려 넣고, 조각에는 학생의 꿈을 상징하는 그림을 토핑처럼 그려 주었어. 표지 디자인에 피자 한 판을 디자인한 것과 어울리게 목차는 피자 메뉴판처럼 구성해서 '글 메

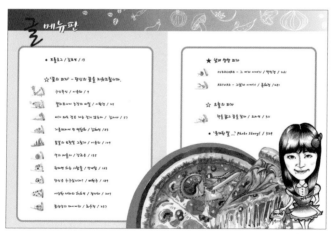

완성된 목차

뉴판'이라고 이름을 붙였지. 피자 메뉴를 고르듯이 각기 개성이 다른 글을 골라 읽을 수 있게 말이야. '어떤 피자가 맛있을까?' 하고 고르듯이 '어떤 글부터 읽어 볼까?' 하며 목차를 보겠지? 또 '오늘의 피자'라는 항목을 만들어서 '오늘의 요리'처럼 메뉴판의 특징을 더욱 섬세하게 표현했지.

겉표지

학생 각자의 꿈 토핑 피자

4-3
고칠수록 예뻐!
-편집하기

종이에 뭔가를 썼다가 지웠다가를 반복하는 쑥이. 묘샘이 다가가 말을 건넨다.

묘샘 뭐 해?

쑥 아, 책에 넣을 삽화 그리고 있어요. 제가 비록 그림을 잘 그리는 건 아니지만 그래도 글자와 사진만 있으니 좀 손맛이 안 나는 거 같아서요.

묘샘 좋은 생각이네. 그런데 그림이 좀 작지 않나?

쑥 책 한 귀퉁이에 들어갈 거니까 너무 크게 그리면 안 돼죠.

묘샘 이 그림을 스캔해서 파일 속에 넣을 거면 이렇게 작게 그리면 안 돼. 책에 작게 들어가더라도 삽화를 그릴 때는 크고 선명하게 그려야 실제 인쇄했을 때 깨끗하게 나와.

쑥 (놀라며) 그래요? 그럼 이거 다시 그려야 해요? 아, 한참 걸렸는데⋯⋯.

묘샘 그리고 편집할 때 자꾸 컴퓨터가 멈춰서 성질 돋우지?

쑥 맞아요. 샘, 아 진짜 컴퓨터 너무 구려요. 좀만 하다 보면 뱅글뱅글 돌면서 멈추고, 그게 왜 그런 거에요?

묘샘 사진 파일이 너무 커서 그래. 그럴 때는 사진 용량을 팍 줄여서 편집을 하는 게 좋아.

쑥 그럼 사진이 깨끗하게 안 나오잖아요.

묘샘 사진이 깨끗하게 나오는 정도로 줄여야지. 그래서 사진 원본 파일은 따로 잘 보관해 놓았다가 출판사나 인쇄소에 같이 주는 거야.

쑥 그렇구나. 감사해요, 샘!

편집 용지

편집에서 가장 기본은 편집 용지를 설정하는 거야. 쉽게 말해 네 책의 크기를 정하는 거지. 편집 용지는 초고를 쓸 때부터 원하는 용지 크기를 미리 설정해 두는 것이 좋아. 초고를 쓸 때 편집 용지를 미리 지정해 놓으면 나중에 그림이나 표의 위치가 흐트러지는 것을 예방할 수 있어.

주로 많이 활용하는 크기는 신국판(가로 152밀리미터×세로 224밀리미터)이야. 도서관이나 서점에 비치된 단행본 대부분이 신국판 크기야. 네가 지금 읽고 있는 이 책은 신국판 크기에서 가로 세로 길이를 조정한 책이지. 일반적으로 신국판 크기가 많이 활용되긴 하지만 책의 내용과 구성에 따라 책의 크기는 다양하게 설정할 수 있어.

시집(135×218)

신국판 A5신(152×224)

4×6배판 B5(188×256)

글자 모양과 줄 간격

글자 모양은 자신의 원고에 어울리는 글씨체를 정해서 활용하면 돼. 하지만 글씨체에도 저작권이 있고, 여러 종류의 글씨체를 쓸 경우 오히려 독자는 글을 집중해서 읽기가 어려울 수 있으니 주의해야 해. 주로 본문에 많이 활용하는 글씨체는 신명조 혹은 휴먼명조와 같은 '명조' 계열의 글씨체야. 제목이나 소제목에는 본문 내용과 어울리는 글씨체를 적절히 활용하면 좋겠지.

보통 한글 프로그램에는 기본 줄 간격이 160%로 지정되어 있는데 책의 줄 간격은 180~200% 정도로 조금 넓게 설정하는 것이 보기가 좋아. 글자 모양과 줄 간격은 화면에서 보는 것과 인쇄본이 다를 수 있으므로 출력을 해서 가장 보기 좋은 상태를 미리 확인한 뒤 지정하도록 해.

삽화 계획하기

삽화는 책의 내용을 보충하거나 이해를 돕기 위해 넣는 그림을 말해. 일종의 보조 자료이기 때문에 저자의 성향, 책의 내용 및 종류, 예상 독자에 따라 취사선택을 할 수 있어. 삽화를 넣기로 결정했다면 글을 쓰거나 출판하기 전에 글에 적절한 삽화 내용 및 종류, 개수, 배치를 미리 계획하고 책의 내용과 어울리게 편집하는 게

《인생은 동화다》 표지와 삽화 일부

중요해.

삽화를 넣을 때 유의할 점에 대해 짧게 설명할게. 첫째, 어떤 삽화든 책의 종류나 내용에 잘 어울리는 것이어야 해. 둘째, 삽화의 위치 및 배열을 책의 내용과 어울리게 해야 해. 셋째, 삽화 제작시 그림 및 사진 크기(화소)를 크게 제작하는 것이 좋아. 이건 매우 중요한 사항이야. 책에 들어가는 그림이 작다고 처음부터 작게 그리면 인쇄할 때 그림이나 사진이 흐릿하게 나올 수 있거든. 삽화는 큰 종이에 그린다, 잊지 마! 넷째, 저작권에 위배되지 않는지 살펴봐야 해. 그림이나 사진이 책의 내용에 알맞더라도 원저작자와 저작권 문제를 해결하지 못하면 소송까지 제기되는 큰 문제가 생길 수 있어. 저작권 이야기는 앞에서도 많이 강조했으니까 잘 알거야.

다음 쪽 사진을 한번 봐. 상당히 인상적이지? 학생 책 표지로 사용한 이 사진은 전문 사진 작가가 찍은 거야. 이 분과 무슨 친분으로 이런 사진도 얻었을까? 이 친구는 이 사진 작가의 사진을 좋아해서 계속 홈페이지에 들러서 보다가 자신 책의 표지에 사진을 사

용하고 싶다고 허락을 구하는 메일을
작가에게 보내게 됐어. 사진의 사용 용
도와 자신의 책 소개, 책에 사진이 꼭
필요한 이유, 학생 신분으로서 사진에
대한 값을 지불할 수 없음 등을 구체
적으로 적어서 메일을 보냈고 작가 분
께서도 관련 내용들을 확인한 후에야

표지로 사용하는 걸 허락해 주셨어. 서로 주고받은 이메일 자료 내
용을 증거로 해서 추후 저작권과 관련된 일이 발생하지 않도록 확
답을 받아 놓은 사례야. 저작권을 공유하고 나누는 곳도 종종 있
지만 그렇지 않은 자료도 많으니깐 네가 직접 만든 자료가 아닌
이상 사용할 때는 꼭 저작권 문제에 신경을 써야 해.

삽화 제작 및 배치하기

삽화 제작은 학생들의 경우는 보통 직접 손으로 그리는 경우가
많아. 삽화 도구는 미술 도구들을 다양하게 활용할 수 있어. 그래
도 선명하게 표현하기 위해서 일반적으로 마커 펜을 많이 쓴단다.
다 그린 그림은 꼭 스캐너를 이용해서 고화질로 스캔한 후 파일로
저장해 두는 걸 잊지 마. 원본 그림을 파일로 만든 다음 포토샵을
활용하면 밑그림을 그리면서 지저분해진 부분을 지우거나 부족한

폰으로 삽화 그리기 　　　　　　 손으로 삽화 그리기

부분을 채울 수 있어.

다른 그림(사진)과 합성하는 것과 다양한 기술을 사용해서 삽화를 준비할 수 있단다. 휴대폰에 있는 그리기 도구를 이용해서 삽화를 그리기도 한단다. 이 경우에는 그림을 그린 후 스캔할 필요 없이 파일로 저장해서 바로 사용할 수 있어.

혹시 그림에 소질이 없어서 삽화 넣을 생각을 전혀 못 했니? 삽화라는 것이 꼭 멋진 그림을 그려 넣어야 하는 건 아니야. 내용의 이해를 돕고 핵심적인 장면이나 이야기를 부각시키기 위한 하나의 보조적 자료니까 너무 잘 그리려는 부담은 버려도 돼. 학생들이 직접 그린 삽화들을 봐. 그렇게 잘 그린 것 같지는 않지? 그리고 발자국처럼 간단하지만 한 페이지를 다 차지해서 그 페이지의 중심 느낌만 표현해도 돼. 삽화가 있으면 훨씬 독자들이 내용을 이해하기가 편할 거야. 어때? 삽화도 한번 시도해 볼 만하지?

삽화의 배치는 글의 상황에 맞게 자유롭게 하면 돼. 한 쪽 전체에 삽화를 넣기도 하고, 두 쪽에 걸쳐서 삽화를 넣기도 하는데, 이때 쪽수를 잘 헤아려서 배치해야 삽화가 흐트러지는 것을 방지할

《다모아-여섯 夢Share의 엉뚱한 상상》 중에서

수 있어. 특히 두 쪽에 걸쳐 한 장의 삽화나 사진을 넣는 경우 짝
수 쪽에서 시작해야 책을 펼쳤을 때 한눈에 들어오게 돼. 짝수야,
짝수!

편집할 때 꼭 지켜야 할 것들

첫째, 이미지 원본 파일을 따로 보관해

삽화나 사진 같은 이미지 파일은 꼭 화질이 높은 원본을 따로 보관해야 되는 걸 잊지 마. 본문에 넣어 편집할 때는 해상도를 낮춘 이미지로도 되지만 출판할 때는 꼭 원본이 있어야 해.

둘째, 맞쪽 보기로 미리 확인해

본문뿐만 아니라 서문이나 후기까지 모두 편집을 완료하고 나면 쪽수를 잘 확인해야 해. 화면 보기를 '맞쪽 보기'로 설정해서 펼쳐진 책 모양을 확인하는 거야. 중간에 들어가는 간지도 다 나오니까 글이 어느 쪽에 오는지 확인하기 쉬워. 전체 편집이 완료되면 목차에 소제목이나 쪽수가 빠진 부분이 없는지 꼼꼼하게 확인해야 해.

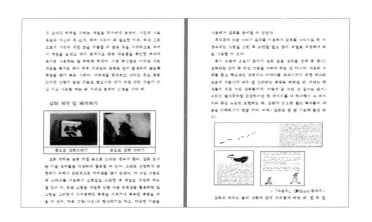

셋째, 편집할 때는 날짜별로 파일을 저장해

초고에서 퇴고, 편집 최종본을 만들어 가는 과정의 파일을 모두 모아 두도록 해. 가끔 편집 단계에서 자신의 원고를 몽땅 날리는 학생들이 있어. 아! 상상만 해도 너무 끔찍하다. 왜 이런 일이 일어날까? 다른 이름으로 저장하지 않고 하나의 파일로 저장해서 그래. 그러다 보니 지웠던 부분이 다시 필요할 때 살려 낼 수 없을 뿐만 아니라 이것저것 새로 저장해 둔 게 많아서 제일 마지막 작업한 것이 어떤 건지 몰라서 편집을 다시 하는 경우도 있어. 기억해. 편집 작업을 할 때마다 파일은 날짜별로 저장해야 한다는 것!

이런 방법도 있어!

▶편집 점검표 작성
편집 점검표를 작성하면서 하나하나 체크하다 보면 멋진 최종본이 만들어질 거야.

항목	세부 항목	작가 의도	독자 반응	자기 점검	퇴고 방향
책 꼴 편 집	표지 디자인				
	속표지, 날개				
	목차 디자인				
	글꼴, 크기, 글색				
	삽화				

4-4

당당하게 나를 알리자
-저자 소개, 서문 및 후기 쓰기

교무실 문이 벌컥 열리며 쑥이 달려온다.

쑥 묘샘! 드디어, 드디어! 제 요리책 표지가 나왔어요.

묘샘 와! 표지가 정말 따뜻한 분위기로구나. 쑥이의 요리가 어
    떤 건지 느낌이 온다.

쑥 표지와 목차를 만들고 나니 정말 제가 책을 만들고 있다
    는 게 이제야 실감이 나요. 책쓰기 하는 동안 하기 싫고
    힘들었던 때도 많았는데 이제 곧 책이 제 손안에 들어온
    다고 생각하니 정말 기분이 좋아요.

묘샘 어, 그래. 진짜 자랑스럽다. 그럼 오늘은 그 기분으로 서
    문도 쓰고 우리 작가님 프로필도 만들어 볼까?

쑥 네? 아직도 뭐 할 일이 남았어요?

묘샘 책에는 내용만 있는 게 아니지! 작가에 대한 소개도 필

요해. 책을 읽다 보면 작가에 대해서도 궁금해지잖니.

쑥 홈 하긴 그렇죠. 책날개에 있는 작가 소개도 읽어 보고, 어떻게 이런 글을 쓸 수 있었는지 막 궁금해서 서문도 읽어 봐요.

묘샘 그래, 서문은 작가의 말이라고 생각하면 돼. 글을 다 쓴 후 후기를 적기도 하는데, 서문은 자신이 적은 글을 읽기 전에 독자들에게 마음의 준비를 시킨다고 해야 할까? 쑥이 넌 네 글을 독자들이 어떻게 읽어 주기를 바라니?

쑥 제 책에 있는 요리법이 제가 만든 것도 많고 그렇지만 가족들과 함께 간단하게 만들어 먹을 수 있는 것들이 많아서요, 한번쯤은 제 책에 있는 걸 따라해 볼 수 있었으면 좋겠어요.

묘샘 그래, 그런 너의 당부의 말을 비롯해서 감사의 말 등을 서문에 적는 거지. (자신을 가르치며) 갑자기 감사한 분들이 마구 떠오르지 않니? 예를 들어 여기…….

쑥 에이! 그건 잘 모르겠구요. 암튼 작가 소개는 어떻게 하죠?

묘샘 작가 소개는 그 사람의 성향에 따라서 정말 다양하거든. 일단 도서실로 가서 책날개에 있는 프로필을 분석해 보고 네 개성도 살릴 수 있도록 한번 써 보자.

저자 소개

　책을 볼 때 책날개에 적힌 저자 소개 글을 읽은 적 있니? 다른 말로 프로필이라고 부르지. 샘은 책 본문을 읽기 전에 꼭 저자 프로필을 읽어. 책 내용만큼이나 어떤 사람이 이 책을 쓴 건지 궁금하거든. 아마 대부분의 독자들이 그럴 거야.

　저자가 자신을 소개하는 형식과 방법은 매우 다양해. 사진, 캐리커쳐, 출신 학교, 직업, 활동 내용 등 독자들에게 자신을 소개하고 싶은 것들을 죽 나열할 수 있어. 그래서 저자 소개를 쓸 때는 자신을 얼마나 노출할 것인가에 대해 먼저 결정을 해야 돼. 네가 SNS 프로필에 네 사진을 넣을지 말지 고민하는 것처럼 저자도 자신의 얼굴을 드러낼지에 대해 고민을 하고 자신의 어떤 이력을 강조할 것인지 결정해야 하지.

　네 소개글은 어떻게 쓰고 싶니? 대부분 학생들에게 프로필을 적으라 하면 가족 관계, 학교명, 취미, 특기 등을 적어. 별로 안 끌리겠지? 그렇다고 성인 작가처럼 화려하고 특별한 이력이 있는 것도 아니니 참 고민이 되네. 프로필을 어떻게 적어야 할까? 결론은 너를 드러내는 거야. 개성적으로 너를 알리는 것이 가장 중요해. 그럼 다른 친구들의 저자 소개를 한번 구경해 볼까?

　'예시1'은 작가가 꿈인 학생이 작가가 된 자신의 모습을 그려서 프로필을 만들었어. 그리고 말풍선에 대화체를 사용해서 독자들에

예시1   예시2

게 전달하고 싶은 자신의 마음을 드러내고 있지. 사진을 직접 게시하는 것이 망설여진다면 이 방법도 아주 좋을 거야. '예시2'는 사진을 넣고, 책쓰기 과정의 심정을 소개하는 것으로 저자 소개를 대신했어. 보통 알고 있는 명사 나열과는 다르지?

예시3 유희왕 카드를 이용한 저자 소개

이 카드 기억나니? 그래, '유희왕 카드'야. 이 학생들은 어릴 적 가지고 놀았던 유희왕 카드 형식에 맞춰 자신을 소개했어. 작가의 특징, 장단점을 카드에 적어 둔 것이 아주 재미있기도 하고 친숙한 느낌을 줘. 같은 세대로서 너도 충분히 공감되지 않니?

서문 쓰기

이제 서문 쓰기야. 프롤로그라고도 하지. 서문은 책의 첫 부분에 책의 내용을 간단히 소개하는 부분이야. 보통 책의 본문을 다 작성한 후 서문 쓰기를 한단다. 물론 서문부터 쓰는 사람도 있겠지? 순서야 상관없지만 책을 다 쓰고 나면 쓰고 싶은 내용이 바뀌기 때문에 처음에 써 놓은 서문도 많이 고쳐 쓰게 되는 것 같아. 서문을 쓸 때 얼마나 황홀한 기분인지……. 너도 이 기분을 맛보게 되겠구나.

서문은 독자가 책을 펼쳐 들면서 제일 먼저 작가의 목소리를 접할 수 있는 곳이야. 작가는 독자를 친절하게 맞이하고 본론에 앞서서 독자에게 이 책을 읽어 볼 만한 것이라는 설득을 할 수 있어. 그만큼 독자에게 직접적인 이야기도 가능하겠지?

서문을 작성하는 정해진 형식은 없어. 네 개성을 살려서 쓰면 되겠지? 하지만 일반적인 서문들을 살펴보면 서문에는 작가가 책을 쓰게 된 동기와 책의 내용을 간단히 언급하고 또 그것들이 만들어지기까지의 과정을 되돌아보며 적어. 덧붙여서 감사 인사말을 전하고 독자에게도 당부하고 싶은 말, 이 책을 통해 독자가 얻기를 바라는 것들을 적기도 해.

서문의 분량은 적게는 한쪽부터 서너 쪽 정도 분량으로 작성해. 그래서 제법 압축적인 글쓰기를 해야 해. 분량이 적어서 금방 작성할 듯한데, 막상 서문 쓰기를 하면 이것저것 가려내고 포함시켜야 될 내용들을 검토하느라 제법 시간이 걸려. 이 점을 감안해서 작성 시간을 여유 있게 잡도록 해. 독자와의 첫 만남, 독자의 손을 잡을 수 있는 네 서문을 기대할게.

친구들이 쓴 서문을 읽어 보면서 네 서문에 담을 이야기를 생각해 보렴.

예시1

먼저 변명해 두겠습니다만, 번지르르한 제목과 부제와는 다르게 그다지 전문적이고 신뢰성 있는 글은 아닙니다. 웹툰을 좋아하고 즐기며, 또 그 작가들에게 조금이라도 관심 있는 사람이라면 누구라도 쓸 수 있을 만한 글이지요.

웹툰 작가 지망생인 입장에서 이런 글을 쓴다는 게 어떻게 본다면 교만? 시건방? 그렇게 보일 수도 있겠습니다만, 필자보다 웹툰 작가의 세계에 대해서 알지 못하는 분들에게 약간이라도 도움이 되기를 바라면서 몇 자 적어 봅니다. 미숙하고 어색한 문장이지만 스스로는 웹툰 작가가 되었을 때 '자서전' 연습이라고 생각하면 즐겁습니다. 흐흐흐.

_이현우,《simile 씨밀레 웹투니스트》서문 중에서

'예시1'은 웹툰을 좋아하는 자신을 겸손하게 낮추는 서문을 썼

어. 그래도 웹툰에 대한 애정과 열정이 잘 드러나 있지? 왠지 이런
느낌의 서문을 보면 본문도 꼭 보고 싶어지더라.

예시2

사소한 것들, 당연한 것들에 대한 탐구.

이 책은 아파트가 무엇인지 탐구하려고 시도하는 책이다. 아
파트에 매몰된 우리나라, 그리고 아파트를 너무나도 선호하는 사
회, 과연 아파트란 무엇인가? (중략)

사소한 것들, 당연한 것들에 대해서 나는 소상한 이야기를 펼
쳐 보려고 한다. 이 이야기는 별로 장대하지도 않고 위엄 있지도
않다. 하지만 이것은 우리 주변을 뒤덮고 있는 너무나도 당연한
존재인, 아파트라는 하나의 주거 양식에 대한 사실들을 전달한
다는 점에서 나는 이 책의 의의를 찾는다.

_추성윤,《아파트》서문 중에서

'예시2'는 자신이 왜 아파트에 대한 책쓰기를 했는지를 소개하고
있어. 아파트를 탐구 대상으로 사소하고 당연한 것들에 대한 탐구
를 했다는 것이 눈길을 끄는 대목이지. 무슨 이야기를 썼을지 호기
심을 자극하는 서문이야.

후기 쓰기

후기는 책이 다 완성된 후의 소감을 쓰는 거야. 후기는 없어도 되지만 아마 책을 완성하고 나면 후기가 쓰고 싶어질 거야. 왜? 온 갖 감정으로 북받칠 테니까. 후기 또한 정해진 격식이 없는데 너무 장황하게 쓰거나 잘난 척하지만 않으면 괜찮아. 지금까지 읽어 준 독자들 생각도 해 줘야지? 네가 책을 쓰는 과정에서 생긴 에피 소드, 힘들었던 거, 새로 알게 된 거, 보람을 느낀 것, 감사 인사 등 지난날들을 다시 회상하며 본문에는 담지 못한 네 이야기를 후기 에 담아 보렴. 친구들이 적은 후기도 참고해 볼까?

예시1

글을 쓸 때 가장 힘든 건 장편 쓰기, 대사 줄이기, 제목 짓 기…… 너무 많은데 가장 힘든 건 주인공들 이름 짓기인 것 같습 니다. 그냥 막 지어도 되긴 하지만 이름에 뭔가 뜻을 담고는 싶 고, 한자 실력은 바닥을 치고 이러다 보니 한자 사전 열심히 찾아 서 이름을 붙여 보지만 결국은 그냥 제가 아는 한자 안에서 이 름을 짓다 보니 생각나는 이름이 거기서 거기네요.

그리고 이 자리를 빌어 화이트아웃 속표지를 만들어 준 별이 에게 우선 감사의 말을 전합니다. 8월달에 마지막 수정을 끝내고 해가 지나고 2월달에 다시 보는 제 소설은 저에게 고통 그 자체 였습니다. 무슨 생각으로 이런 문장을 썼나, 얘들은 지금 뭐하고 있는 건가, 치킨 먹고 싶다(?) 기타 등등 온갖 잡다한 생각이 다 떠오르면서 진짜 휴지통에 갖다 버리고 싶었습니다. 특히 밤새워서 퇴고를 할 때는 진짜 이런 걸 정식 출판으로 내놓아도 되는 건가, 이거 고친다고 가망이 있는 건가, 하는 생각을 얼마나 했는지 모릅니다. 하지만 별이가 속표지까지 만들어 줬는데 여기서 포기할 수는 없는 거 아니겠습니까. 그 덕에 어떻게 탈고까지 했네요. 다시 한 번 외치지만 진짜진짜 고마워, 별아!

_《붉고 희고 푸른》 후기 중에서

예시2

이 책을 쓰기 위해 동아리 아이들이 쭉쭉 개요를 작성해 나갈 때 전 뭘 해야 할지 도저히 알 수가 없었습니다. 다른 아이들은 자신의 꿈을 확실히 알고 모두 꿈을 위한 글을 써 나갔지만, 그 당시 저에겐 꿈이라고 부를 만한 것이 없었기 때문입니다. 꿈에 대해 계속 생각을 해 왔지만 고민을 하면 할수록 머릿속은 점점 복잡해져 갔습니다.

그런 와중에 인터넷 상담을 하게 되었습니다. 비록 화면에 떠오른 몇 줄의 글이었지만 힘들었던 저에겐 큰 힘이 되어 주었습니다. 그리고 그 상담실에서 저 외에 다른 아이들의 고민도 알게 되었습니다. 많은 아이가 진로, 가정, 금전적인 어려움 등의 문제로 많이 힘들어 하고 있었습니다. 이 책의 '윤하연'이란 아이는 상담실에서 본 아이들이 가지고 있는 고민과 비슷한 고민을 가지고 있는 아이입니다. 제가 컴퓨터의 글을 보고 도움을 받았듯이 제 글이 다른 누군가에게 미약하게나마 도움을 줄 수 있다면 좋겠습니다.

_《소녀 협주곡 18번-미래를 위한 약속》 후기 중에서

친구들의 후기 글을 보니 모두들 책쓰기가 쉽지만은 않았다는 걸 알 수 있지? 그렇지만 나름 책쓰기에 대한 보람을 가지고 있으니 의미 있는 일이란 것도 분명한 것 같아. 너에게 책쓰기가 어떤 의미가 있는지도 생각해서 후기에 담아 봐. 후기까지 적고 나면 아마 남은 힘이 거의 없을 거야. 또 한 번 자신에게 토닥토닥 해 줘.

정말 잘하고 있어. 너는 대단해!

4-5
내 책이 나왔습니다
-제본하기

쑥 샘, 이제 원고 편집도 마무리 됐고! 인쇄소로 넘기면 돼요.

묘샘 좋아 좋아. 이제 드디어 네 책을 품에 안을 시간이 다가
　　　오는구나.

쑥 샘이 도와주셔서 제가 책을 끝낼 수 있었던 것 같아요.

묘샘 쑥이 열심히 했기 때문에 가능했지. 그동안 쑥이 얼마나
　　　노력하고 고생했는지 샘이 잘 알아. 근데, 혹시 그 책 나오
　　　면 뭐 이벤트 같은 거 계획한 거 없니?

쑥 이벤트요? 뭘 말씀하시는 거예요?

묘샘 보통 작가들은 '저자 사인회'도 하고 '기자회견'도 하고
　　　'도서 기증' 같은 것 하잖아. 너도 이젠 작가인데 그런 행
　　　사 하나 준비해야지?

쑥 쑥스럽게……. 그런데 학생 저자도 그런 걸 할 수 있을까
　　　요?

묘샘 당연히 할 수 있지. 이미 그렇게 하고 있는 학생도 많아. 샘은 작년에 책을 출판한 친구들이 책쓰기를 하는 친구들에게 멘토가 되어서 재능 기부를 하는 걸 참 인상 깊게 봤어.

쑥 아, 진짜요? 제가 그런 거 하기에는 부족하지만……, 만약 재밌는 게 있다면 한번 해 보고 싶어요. (갑자기) 와, 내 책이 유명해져서 베스트셀러가 되고 저자 사인회도 한다면 얼마나 좋을까!

묘샘 (활짝 웃으며) 나도 쑥이가 그렇게 되면 좋겠다!

쑥 (쑥쓰럽게 웃으며) 샘 감사해요.

묘샘 아냐, 네가 잘 따라온 거지. 정말 잘했어!

쑥 기념으로 제 책 한 권 드릴게요. 집에서 요리하실 때 참고하세요.

묘샘 호호. 이왕 줄 거 책이랑 요리도 만들어서 함께 주면 안 될까?

제본의 방법

제본은 낱장으로 된 원고를 한 권의 책으로 엮는 것을 의미해. 일반적으로 직접 손으로 하는 북아트 형태와 인쇄소 제본이 있어.

북아트는 세상에 단 한 권밖에 없는 자신의 책이라는 점에서 의미가 커. 특히 다양하고 창의적인 책의 형태도 시도해 볼 수 있지. 이 경우는 앞에서 알려 준 편집 방법을 따를 필요가 없겠지? 하지만 이 경우 공들인 귀하고 귀한 책을 다른 사람들과 공유할 수 없고 오랜 기간 보존하는 데도 문제가 생기기도 해.

그래서 대부분 인쇄소에 맡겨 제본을 하지. 인쇄소에 맡기면 제본의 형태에 따라 편집이 조금씩 달라져. 특히 책의 여백 설정이나

다양한 북아트 모습

표지의 편집에 영향을 미쳐. 네가 여기까지 자세히 알 필요는 없지만 기본적인 것만 말하고 갈게. 혹 제본에 관심 있을지 모르니까 말이야.

가장 일반적인 제본은 무선 제본이야. 무선은 우리가 보통 보는 대다수의 책들을 생각하면 돼. 양장 제본의 경우는 무선 제본에 비해 가격이 비싸. 좀 고급스런 느낌이지. 표지가 딱딱하다 보니 표지 자체에 날개를 넣기는 힘들어. 마지막 스프링 제본은 가장 저렴한 가격에 제본을 할 수 있는 방법이야. 스프링 제본의 경우는 책 등, 날개 모두 디자인을 할 필요가 없겠지. 그리고 무선 제본과 양장 제본의 여백을 두는 것보다 적게 여백을 둬도 돼.

일단 원고가 완성이 되면 제본의 형태를 결정해도 돼.

제본의 형태

용어	개념 및 설명	이미지
무선 제본 (소프트커버)	• 본드를 사용하여 제본하는 방식. 일반적으로 가장 많이 사용되는 방식이다.	
양장 제본 (하드커버)	• 딱딱한 커버의 표지로 덮는 제본 방식. • 일반적으로 다른 제본 방식에 비해 가격이 비싸기는 하지만, 책의 특성에 따라 양장 제본이 적합할 때도 있다.	
스프링 제본	• 본드로 제본하지 않고, 구멍을 뚫어 스프링으로 제본하는 방식. • 스프링 제본 기계가 있다면 업체에 맡기지 않고 직접 인쇄하여 제본할 수 있다는 장점이 있다.	

이제 다했다. 축하한다. 드디어 책쓰기 종점이 보이는구나. 그래도 인쇄소에 보내기 직전까지 빠진 부분이 없는지 끝까지 확인하는 것 잊지 말고! 네 손에만 있던 원고들이 이제 다른 사람들의 손에도 건네줄 수 있는 책이 되어서 돌아올 거야. 왕의 귀환처럼.

이제 샘이 책쓰기에 대해 이야기해 줄 건 더 이상 없구나. 보통 이럴 때 사부님들이 뭐라 끝내는지 잘 알지??

"더 이상 가르칠 것이 없다. 그만, 하산하도록 하여라!"

정말 마지막이구나. 그리고 이것이 너의 또 다른 책쓰기의 시작이 될 거라 믿어.

지금까지 《오만방자한 책쓰기》를 읽으면서 네 삶이 행복한 느낌으로 가득하였기를 바란다.

아, 그리고 한마디 빠진 것이 있네.

넌 정말 멋져!

이런 방법도 있어!

▶책이 나온 후 할 수 있는 나만의 행사들

책을 출판하기까지 많은 일들이 있었지? 책으로 태어난 네 책을 가슴에 품어 둘 수만은 없지. 네 책을 전시도 하고 홍보도 하고, 세상과 소통할 수 있도록 적극적으로 다양한 행사들을 기획할 수 있어. 출판 후 행사를 한번 상상해 보렴. 책이 나오는 것 이상으로 설레고 의미 있는 활동이 될 거야.

- 출판 도서 전시회
- 책 속 구절로 책갈피 만들어 나누어 주기
- 책 표지로 종이 가방 만들기
- 미니 북 만들기
- 출판 도서 낭독회
- 독서 퀴즈 제시하기
- 자선 기금 마련 책 판매 행사
- 저자 사인회
- 저자 기자회견
- 저자와 사진 찍기
- 한 줄 감상평(소감) 쓰기
- 마음에 드는 책 속 한 구절 따라 적기
- 책 표지 퍼즐 맞추기

사진으로 보는 책 출판 행사들

책 소개 및 출판 소감 발표

책 출판 기념회

책 전시

학생 작가와 기념 촬영

학생 저자 강연

학생 저자 사인회

책 홍보 및 이벤트 활동

북 토크쇼

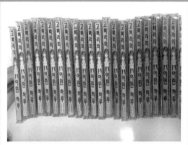

책 시디 만들기

책 출판 축하 공연

자선 기금 마련 책 판매 행사

자선 기금 마련 책 판매 행사

책쓰기 = 행복 능력

"저 벚꽃은 누굴 위해 저렇게 피었을까요?"

"글쎄요. 우리 인간들 보라고 핀 것 같진 않은데요."

"저 벚꽃은 그냥 핀 게 아닐까요?"

"그냥요?"

"그냥 자기 생명력으로 가득 차서 저 홀로 활짝 핀 거 같아요.
누굴 위한다는 마음도 없이. 하지만 저 벚꽃을 보세요. 온 세상
을 환하게 밝히고 있어요."

드디어 책쓰기라는 긴 여행이 끝났습니다. 여러분의 여행은 어
떠했나요? 즐거웠나요? 힘들었나요? 힘들었지만 행복했나요?

간혹 책쓰기를 스펙 쌓기로 생각하는 학생이 있습니다. 물론
책쓰기는 아주 탁월한 스펙이 됩니다. 실제로 책쓰기 활동 덕분
에 좋은 대학에 진학한 학생도 많습니다. 그러나 만약 '대학 입시'
나 '수상 경력'을 위한 것이라면 책쓰기에 굳이 이렇게 힘들게 애
쓸 필요가 없습니다. 스펙을 위해서라면 더 쉽게 할 수 있는 것이
세상에는 많습니다.

책쓰기를 해 본 학생들은 자신이 무엇을 좋아하고 원하는지를 알게 됩니다. 자기 안에서 솟구치는 뜨거운 열정을 새롭게 발견하게 됩니다. 또한 책쓰기를 하면서 자신에게 무한한 가능성이 있다는 것을 알게 됩니다. 그러다 보니 남들은 힘들다고 하는 책쓰기가 전혀 힘들지 않고 (물론 하는 과정에서 땀 깨나 뺍니다만) 재밌기만 합니다. 누구도 시키지 않았지만 홀로 새벽까지 깨어 책을 씁니다.

스스로 선택한 것을 직접 끝내는 기쁨, 살아가는 것이 어제보다 즐겁고 힘이 나는 경험, 내일은 더 멋진 사람이 될 거라는 기대, 이것이 책쓰기가 주는 가장 큰 스펙이 아닐까요?

장래 희망이 검사인 고등학생이 '검사의 모든 것'이라는 제목으로 책쓰기를 하였습니다. 아주 잘 했지요. 그런데 책쓰기를 마친 후 학생이 말했습니다.

"선생님, 저 검사 안 하고 싶어요."

"왜?"

"책쓰기를 하면서 검사라는 직업에서 저랑 맞지 않는 부분을 제법 발견했어요. 전에는 저랑 성격이 맞아 괜찮겠다 싶었는데 깊이 들여다보니 아닌 거 같아요. 아마 검사가 되면 안 맞아서 힘들 거 같아요."

별명은 잠신이었습니다. 잘 알다시피 '갓=신神'의 호칭은 아무데

나 붙지 않습니다. 잠신은 책쓰기를 영 못마땅해 하면서도 결국은 책 한 권을 만들었습니다. 제목은 《잠에 대하여》. 내용을 보니 '잠이란 무엇인가, 얼마나 자야 생존하는가, 잠을 줄이는 운동, 잠을 줄여 주는 음식' 등 잠에 대한 온갖 자료가 'Ctrl C + Ctrl V'로 모여 있었습니다. 하지만 책 한 권을 쓴 잠신은 '갓'이라는 호칭을 내려놓아야 했습니다. 잠이 50퍼센트 가까이 줄었기 때문이죠. 그러자 학생들이 이구동성으로 말했습니다.

"선생님, 쟤 다시 재워 주세요."

"왜?"

"안 자니까 너무 시끄러워요."

"하하, 너무 구박하지 마라. 잠신이 깨어날 줄 상상도 못한 것처럼 앞으로 쟤가 수업 시간에 열심히 공부하게 될 줄 어찌 알겠니?"

정미는 늘 밝게 웃었습니다. 공부도 잘했고 몸가짐도 발라 선생님들께 수시로 칭찬을 들었습니다. 책쓰기 동아리에서 알 깨기를 하던 날 정미는 낮은 목소리로 말했습니다.

"나, 우리 아빠 안 계셔."

"너희 아빠 회사에 다닌다고 했잖아?"

"육 년 전에 돌아가셨어. 아빠 없는 사람처럼 보이고 싶지 않아서 너희에게 거짓말한 거야. 아빠가 돌아가셨는데도……."

정미가 울어 버렸습니다. 그러자 그 옆에 있던 하은이도 같이 웁니다.

"정미야, 나도 그래."

그날 알 깨기를 하며 우리는 마음속의 묵직한 돌덩이 하나씩을 꺼내 함께 울다가 웃다가 또 울었습니다.

"말하고 나니 정말 시원해졌어요. 선생님, 죽어도 못할 이야기 같았는데 뱉어 놓고 나니 그게 그리 별일은 아닌 거 같아요."

우리의 책쓰기는 알 깨기에서 시작했습니다. 알 깨기를 통해 '나'라고 생각해 왔던 것이 '나'가 아니라, 내가 만든 하나의 '알'이었음을 알게 되었습니다. 책쓰기를 하면서 여러분은 자신과 많이 친해졌습니다. 세상에서 가장 소중한 존재인 나의 목소리에 귀 기울이는 법도 배웠습니다. 이제 남들이 세워 놓은 무한 경쟁의 트랙 위에서 예전처럼 막연히 두려워하지 않아도 될 것 같습니다.

행복은 '더 이상 바랄 게 없는' 상태를 가리키는 말이라고 합니다. 주변을 살펴보면 천만 금을 가지고도 우울증에 시달리거나 우수한 성적임에도 절망하는 사람들이 있습니다. 남들이 보기에 최고인 듯해도 정작 본인이 행복하지 않다면 그것은 진짜가 아닙니다. 남들이 무어라 해도 내가 행복한 것이 진짜입니다.

그렇다면 어떻게 하면 행복이 내게로 올까요? 제 생각에는 우리가 함께 했던 '나 들여다보기'라는 씨앗에서 행복이 꽃피는 것 같습니다. 나에게서만 피어나는 꽃, 행복! 책쓰기는 그 꽃에 물을 주고 햇빛을 주는 과정이었습니다.

삶이 즐겁고 행복하려면 다른 누군가나 무엇을 위해 살아서는 안 됩니다. 오로지 자신을 위해 살면 됩니다. 마치 봄날 하늘 가득 피어 빛나는 벚꽃처럼 말이지요.